U0568780

爱 智 书 系

历史的灵魂

李公明 著 赵汀阳 黄穗中 图

中国人民大学出版社

·北京·

正是他，最为深奥的他，用那深藏的触摸把我唤醒了。

正是他，施魔法于我眼上，又快乐地在我的心弦上奏出各种欢乐和悲伤的乐章。

正是他，用金、银、青、绿各种灵幻的色丝，编织起幻境的纱网，他的脚趾从衣褶中露出，他的轻触让我忘却了自己。

岁月如梭，

正是他，一直以种种名义、种种姿态和种种悲喜，来感化我的心灵。

——泰戈尔（《吉檀迦利》）

致儿子的一封信

十多年前，我的儿子快满 4 岁时，已经到了整天缠着大人要讲故事的年纪。我很想把自己知道的故事都讲给他听，也明白那些故事就像在风中飘散而去的蒲公英的种子一样，有些会落在他的心田里，有些则会被风吹得无影无踪。这多像“历史”的传递啊，每一代人都记住了一些事情，同时也会遗忘一些事情；正如每个孩子都喜欢听故事一样，每一代人也都喜欢记忆过去的一些事情。我常常一边给儿子讲故事，一边就在心里想着这些。我还想到应该给儿子写一封信，等他长大后就会知道我现在的关于讲故事的种种有趣的想法。

于是就有了现在放在你们面前的这封信。我把它作为这本小书的引言，是因为我觉得它也是写给你们看的，我很愿意让你们和我的儿子一起分享。

亲爱的葵葵：

你喜欢听故事，这本来是很平常的，试问有哪个小孩不是这样？令我和你妈感到有点惊讶的是，你对法老、金字塔和哥特式教堂等图片所表现出来的强烈的兴趣、记忆和追问。你还不到4岁，但你无意中已经接触到了讲故事的另一种含义：讲历史。我和你妈都是学历史的，还有什么比这更能令我们感到惊喜呢？

在英语中，我们通常翻译为“故事”的“story”其实也有“历史”的含义。英国有一位著名的艺术史家叫贡布里希，他很看重“story”这个概念中“讲故事”与“讲历史”并存的内涵。他认为人类的过去有很多必须被

世纪之交的前瞻后顾

后人讲述的故事，包括杰出人物的故事和文化艺术的故事等，历史学家的任务就是讲故事。

的确，讲故事其实和历史学家的工作很相似，有时简直就是一回事。你以后会知道，被人们称为“历史学之父”的古希腊人希罗多德就是一个很喜欢讲故事的人。翻开他的著作《历史》，你会高兴地发现那里面有许多有趣的故事。比如在书的开头，他就讲了一个爱虚荣的国王的故事，这个国王竟然希望他的大臣也和他一样认识王后身体的美丽，结果招来了杀身之祸。看来希罗多德并不担心讲故事会有损历史研究的尊严。

不仅历史学家善于讲故事，甚至连一些地方的景物也仿佛会向人讲述过去的故事。美国著名的科学史家萨顿有一次登上意大利佛罗伦萨附近的山顶，望着远处山谷中的佛罗伦萨，这时他感到有无数低低的声音在耳边响起，身边的石头、树丛都在向他讲述意大利文艺复兴的故事。他被这些故事所深深感动，又重新坚定了研究人类历史的志向。我的孩子，如果将来有一天你能去到佛罗伦萨，我相信你也会深受感动的。

我们注意到你在听故事的时候已经学会了追问，你的口头禅是“后来呢?”你很想知道那个老渔夫后来是怎样向他的老婆交代的；你也很想知道为什么法老死了以后要埋在金字塔里面……我和你妈对此是多么欣喜！我们是多么珍视你的这种追问！我们知道，在古希腊有一个词汇是“ιογορια”，其原意就是“询问”、“追问”或“调查”，或者引申为“作为询问结果而获得的知识”。这个词后来逐步演变为“历史”。

从喜欢听故事、喜欢追问故事的结局开始，你总有一天会饶有兴趣地追询人类过去的时光，感受到思接千载、探幽搜奇的无上喜悦。尽管你不一定也选择历史研究作为职业，但是你可能也会对“历史”本身感到惊奇或迷惑：“历史”究竟是什么？“历史”有什么用？“历史”是偶然的还是必然的？历史学是科学还是艺术？对历史学家应该怀疑还是相信？……所有这些问题，都可以说是对“讲故事”本身提出的疑问，我将会在这本名为“历史的灵魂”的小书里和青少年朋友们讨论这些问题。等你上了中学，我和你妈就可以与你一起讨论它们了。我们是多么热切地期待那一天早点来临！

我的孩子，当我写这封信给你的时候，我们已经快要迈向21世纪的门槛了。大地上钟声轰鸣，群鸽翻飞，我们的思绪与世纪末的晚霞一起燃烧。当我们追忆人类饱经畏怕而又仍然深怀爱意和祈盼的历史时，那种内心的体味难以言说。将来可能有一天，这种思绪和体验也会降临在你的心灵上。

这就是心灵的历史，我的孩子。

深深地爱你的爸爸

1996.9.15

目　录

1. “历史”是什么?

历史是一则约定俗成的寓言。

——拿破仑

历史是现在与过去的永无止境的问答交流。

——英国历史学家 E. H. 卡尔

“历史”是一个十分古老的名词。

在公元前 5 世纪，一位名叫希罗多德的古希腊人写了一部记述希腊与波斯帝国之间战争的著作，当时他把这部著作称为“希罗多德的历史”。在这里，他用的“历史”这个概念指的是“询问”、“调查”。希罗多德后来被西方史学家尊称为“历史学之父”。

两千多年来，“历史”这个概念有了很大的变化。在今天我们的日常语言中，“历史”主要有两种含义，一是指人类过去的往事，二是指对那些往事的记述和研究。

比如，在第一种含义上，我们可以说“人类的历史”、“家庭的历史”或“个人的历史”，也可以在第二种含义上说“我是学历史的学生”。

实际上，第二种含义上的“历史”应该称之为“历史学”。但是，不要以为“历史”与“历史学”可以完全清楚地、相互独立地区分开来。因为，并非人类过去的所有行为、曾经发生过的所有事情都会自动成为“历史”。比如你在半个小时前放学回到家里，喝了一杯水之后到床上躺了一会儿，然后起来走到书桌前翻开了你现在手里拿着的这本小书，这些的的确确是发生在过去的事情。然而这些事情却无法成为“历史”，因为古往今来的每一天每一时刻都有无数人的无数事情发生，而这些无数的事情中的绝大多数是没有什么意义的，它们在发生过之后就消失了。只有那些被历史学家赋予了意义，并进入人类的记忆之中的事情，才成为真正有价值的“历史”。

因此，严格来说，当我们使用“历史”这个概念来表述过去的往事时，实际上是指经过人的主观选择，被赋予了某种意义，并且以某种方式陈述出来的发生在过

1 “历史”是什么？

在历史书中看到各种各样的精神

去的某些事情。这样看来，“历史”和“历史学”之间就存在一种不可分离的关系。

如果再继续追问下去，我们就会接触到一些可能会令你头痛的问题，比如，究竟是先有“历史”还是先有“历史学”？历史学家根据什么来判断哪些已发生的事情是有意义的、哪些是没有意义的呢？“历史”有什么用呢？这些问题的确不容易回答，但你不必焦急，因为最大的乐趣就存在于思考的过程中。

回过头来看看前面所引的拿破仑和一位历史学家对于“历史是什么”的回答吧。很显然，它们都不是一本正经的、教科书上常见的那种定义。它们都是一种机智的回答，具有一种活跃的想象力和充满睿智的启发性。拿破仑的回答很幽默，在他之前法国著名的启蒙思想家伏尔泰也说过：历史这种东西只不过是一种大家都同意的故事。实际上他们都强调了构成“历史”的事实是由人来选择、归类、编排的。卡尔的定义则着重于现在与过去的关系，于是在这种联系地看问题的方式中，“历史”才不断丰富和发展。它们共通的一点是都不把历史看做是纯粹发生在过去的事情。

2. “历史”有什么用?

“历史”告诉人们什么是过去，并帮助他们预测未来。

——杰弗逊

“爸爸，告诉我，历史有什么用?”法国现代著名的历史学家布洛赫的小儿子有一天突然向他的父亲提出了这个问题，相信你们肯定也有过同样的疑问。布洛赫认为这是一个切中要害的问题，而且是一个不容易回答的问题。

这里所问的“历史”当然是指历史学、历史研究或指学习历史。可能你们已经从教科书上学过，历史研究可以为今天的行动提供借鉴的经验或教训，可以指导我们的工作。一般来说，这种对于历史学的功能的认识没有什么不对。

然而在现实生活当中，人们的行为往往更受各种利益考虑的驱动，更受多种环境的制约，历史学所提供的指导实际上很少成为人们行动的准则。英国戏剧家萧伯纳曾引用黑格尔的话说，我们从历史中学到的只是：人类从未从历史中学到任何东西。然后他还加了一句："嗨，这话真是击中要害！"这种尖刻的俏皮话并非完全没有道理。更进一步来说，历史的借鉴功能往往是对政治家、统治者而言的，即中国古人所讲的"资治"，很难对每个人都"有用"。

布洛赫认为，在证明历史的其他用处之前，最起码可以肯定的是，研究历史具有一种永恒的魅力，可以触发人们的兴趣，继而激发人们有所作为。他认为历史的魅力在于它是以人类的活动为特定的对象，思接千载，视通万里，千姿百态，令人销魂，可以极大地激发人们的想象力，让人感受到探幽索奇的喜悦。然后他进一步认为，历史学对于提高人类生活是必不可少的。实际上，从个人精神世界的培育、每个人可以期望充分实现自己的理想的角度来看，历史知识的价值和意义便比单纯的借

以后再也没有历史了，大家各玩各的，玩的全一样

鉴“资治”更为重要。

当代英国著名思想家罗素指出，历史学能够拓展我们的想象世界，使我们在思想上和感情上成为一个更大的宇宙的公民，而不仅仅是一个日常生活的公民。这种思想正是18世纪德国康德古典哲学关于理想的公民的一个重要部分。康德认为，要成为一个合格的、能充分发挥出自己全部天赋的国家公民和世界公民，普遍的历史知识和观念是必不可少的。为什么从康德到罗素都会认为学历史可以使一个人成为世界公民呢？这个问题或许可以这样回答：因为人类的历史是地球上每一个人的共同财富，在主观上，只要愿意学习并且努力学习，他就可以拥有这笔全人类的共同财富。而一个人只有在精神上真正拥有了全人类的共同财富，才可能是一个名副其实的世界公民。

可以说，历史学与哲学有一个共通的地方，那就是不仅有助于求知，而且有助于智慧的生成，它们的根本之处就在于“爱智慧”。

我们知道，知识与智慧是有区别的。知识往往是分门别类的，可以满足各种不同的实际需要，解决各种不同的实际问题。智慧则是一种思维的状况和水平，是对世界和人性的底蕴的洞察和体验，是融合了理性和感情的统一体。一个有知识的人未必就是一个智慧的人，而只有知识和智慧兼备的人才是一个全面发展、健康成长的人，也才是一个合格的公民。

罗素还告诉我们，历史记录了出色的个人，这些记录鼓舞普通人对出色的人生怀有向往之心。例如，古希腊历史学家普鲁塔克的《希腊罗马名人传》就曾经鼓舞许多青年人怀有崇高的抱负，度过英勇的一生。因此，尽管历史学不一定都能带来很实际的功利用途，但你能说它是“无用”的吗?

然而，除了上述所讲的对于个人而言的作用以外，历史学研究与关于历史的言说其实与现实生活是有着紧密联系的，只不过有些联系与现实斗争融合在一起，反而使人们容易忽略历史言说在其中发生的作用。

美国著名文学和文化批评家爱德华·萨义德终其一生都极为关注巴勒斯坦的历史与现实问题，他把历史与现实紧密联系起来作为政治判断的基础，而且以文化作为“记忆”抵抗“遗忘”的武器，这就是历史在现实斗争中呈现巨大作用的典型事例。在他去世后出版的《文化与抵抗》(上海译文出版社，2009) 汇集了他生前最后几年内接受记者访谈的记录，可以看做是这位巴勒斯坦斗士生前最后的呐喊。该书的访谈主题是巴以冲突、恐怖主义与反恐战争、国家与民族的重建等等，但在这些主题之下，萨义德把文化作为一种抵抗的力量提升到了前所未有的高度。那么，要以文化为抵抗的途径，关于历史的研究和言说就具有极其重要的作用。他对历史记忆的坚执达到了这种地步：关于巴勒斯坦人的“丧失与剥夺的历史”，他说“这是一段必须解救出来的历史——一分钟一分钟、一个字一个字、一英寸一英寸地解救”。在萨义德看来，解救被遮蔽、被歪曲、被遗忘的历史，这就是解救现实的前提、使现在的人获得解放和自由的前提——这恰恰表明历史与现实生存有着血肉般的联系！

因此，我们对“历史有什么用?”这个问题的思考，既要看到它的现实性、迫切性，也要看到它的精神性和非功利性。

3. 历史学家与普通人

从某种意义上说，所有的人都是历史学家。

——托·卡莱尔

在我们的头脑中，历史学家的形象很可能是一位长满白胡子的老爷爷，他能知道和记住很多很多过去的事情，也总是很愿意把那些事情讲给我们听，听他讲故事是我们童年岁月中最愉快的时光。应该说，这种关于“历史学家”的想象包含有许多正确而且重要的成分。比如，这位老爷爷“知道”很多已经发生过的事情，而且他能很好地“记忆”这些事情，还很愿意“讲述”它们——从“知道”、“记忆”到“讲述”，这些的确都是历史学家所必须具备的特征。

但是你可不要以为，历史学家因此就与普通人有什么天大的不同。

比如，就拿“记忆”来说吧。人类本身就是一种懂得记忆的生物，记忆是我们每一个人都天生就具有的本能；记忆也是人认识他人、认识自己和认识世界所有事物的重要前提。所以有人说，人类是唯一能意识到自己的过去并对它感兴趣的动物。举一个例子：你很可能记不起来当你还是一个婴儿时是怎样从众多关心你的人中认出自己的爸爸、妈妈的，而在事实上，你是由于无数多次重复的接触而产生了记忆，因而才能认出爸爸和妈妈。如果没有记忆，那么每一次的接触都是新的，就永远也不可能认出他们。对世界万物的认识也是这样，你之所以逐步学会区分树木和汽车，是因为你分别记住了它们的不同形象、动静、声音等因素。那么，为什么说认识自己也依赖于记忆呢？所谓认识自己，最重要的问题就是确定自己是什么样的人，而要达到这种认识，就必须依赖对自己在昨天、前天以至自己的整个过去的行为、所经历的事件、生活的环境、所体验过的情感等等一切过去事情的记忆，否则我们无法确知自己是谁。比如你，你知道自己现在是一位高中学生，是因为你记得

记忆成为心灵的沉重负担

自己曾经读过小学和初中。

从人天生是一种懂得记忆的生物，可以说明人同时也就是一种历史性的生物，因为记忆的东西就是已经成为历史的东西，依赖记忆也就说明人在客观上是无法割断历史的。

再看一个人与在他之前的整个人类的关系。在客观上可以说，我们今天的每一个人的生活方式、言行、思想等都是人类历史的产物和体现。比如，我们每天使用的种种物品，无一不是人类千百年来物质生产进步的结果，我们的思想以及思想赖以生存的概念、词汇等，也无一不是前人心灵的继承和发展。因此，美国作家爱默生曾这样说过："我们一生中的时时刻刻都与千秋万代息息相关。"这的确是一个无法否认的事实：没有一个人能割断他与整个人类的历史关系。另一方面，在主观上，一般而言人也渴望了解自己的过去，对于自己在生活中所使用的一切物品的来源、对于自己头脑中的观念的来源很可能充满好奇。希望了解，这就是一种自觉的历史意识。

19世纪英国思想家托马斯·卡莱尔曾经说过："从某种意义上说，所有的人都是历史学家。"他所说的"某种意义"，大概也就是指人是一种懂得记忆的生物、人客观上无法割断与历史的联系等方面而言的。很自然，历史学家并非与普通人天生有什么不一样。如果说有什么区别的话，那只能说，历史学家是更有自觉的历史意识、更主动地研究过去、更感到有责任把自己所了解到的过去的事情讲述给更多人听的这样一种人。

4. 时间是怎样计算的？

时间征服了整个世界。

——《吠陀经》

子在川上曰："逝者如斯夫！"

——《论语》

日出日落，一天过去了；冬去春来，一年过去了；上学、工作、退休，几十年就这样过去了；沧海桑田，记录着几百年、几千年的流逝。人类的一切往事，无不载负于时间之中。然而，时间究竟是什么呢？这的确是一个难解的谜，古往今来不少哲学家为此绞尽脑汁，还是无法取得公认的答案。既然是这样，在这里我们就暂且不去深究它了。我们需要思考的是，历史首先是一个时间过程，正是每时每刻都在飞逝的时间构成了历史的维度，也带来了深沉的历史感。

古人有一首《长歌行》是很耐人寻味的:“百川东到海,何时复西归。少壮不努力,老大徒伤悲。”头两句讲大江东流、一去不复返,这是人们所常见、熟知的自然景象。后两句笔锋一转,讲出了关于人生的一条很重要的真理,颇有令人心惊的味道。它包含的道理和人生体验很朴素,也很深沉,你们日后在自己的人生旅途上可能会不断或喜或悲地品尝它的意味。全诗在字面上没有出现“时间”这个概念,但全诗的核心就是讲时间的宝贵与人生的价值和意义。

古往今来,有成就的人物大都很珍惜时间,努力学习和工作,才能做出成绩。时间这种一去不复返的特性既使我们感到神秘和敬畏,同时也会激发出我们向它挑战的勇气和力量。

从情感上讲,一种深沉的、常常使人感慨不已的历史感往往会在面对某种情景时特别强烈地袭上我们的心头。

孔子曾经站在江边对着流水慨叹:时间就像这奔腾不息的江水一样,不分昼夜地流逝了;毛泽东在长江游泳时，很自然地就吟出了“子在川上曰：逝者如斯夫!”的诗句，他既是在慨叹时间的流逝，也是在缅怀那位2 000多年前的古人。

夜空中的星星、月亮，也会令人产生对往古的遥想。唐代诗人张若虚在他的诗歌《春江花月夜》中问道：“江畔何人初见月，江月何年初照人?”——岁月悠悠，是谁最早在江岸上端详着月亮呢?而这月亮，又是在何时第一次以它的清辉照耀着人类呢?

与大自然的永恒相比，人类自身事务的存在无疑太过短暂了。且不说江水、星月，就是一段玉砌雕栏、一条春柳堤岸，或者一座孤零零的高台，都会触发出人生短暂的感怀。这类情怀有时表现为一种幽怨的伤感，有时却会喷发为震裂长空、悲壮激越的恸歌——如唐代诗人陈子昂的《登幽州台歌》：“前不见古人，后不见来者。念天地之悠悠，独怆然而涕下。”这种审美上的悲怆感正是来自纵览千载、俯仰无凭的历史情怀。

然而，面对飞逝的时间，历史学家并非仅仅沉溺在情感的体验中。他们自觉地意识到关于时间的观念可以

时间和历史的区别

成为把握过去的框架，从而使历史成为可以被有意义地把握的对象。这些时间框架有多种，比如，按年月排列的编年史，划分为古代、中世纪、近代三大段的世界史（你们的世界历史教科书采用的很可能就是这种划分方法），也有一些思想家和历史学家把人类社会划分为原始社会、奴隶社会、封建社会、资本主义社会等阶段。当然，任何一种时间框架都不可能是完美无缺的。

值得注意的是，时间不仅仅是研究历史的一个框架，人类对时间本身的认识也正是在历史中形成和发展的，同时反映出不同民族和不同文化群体的文化差异。

最早出现的把时间分段的计时装置是日晷——用一根竖立的柱子以测量日影的长短。埃及人最早利用高耸的方尖碑作日晷，后来又发明了可以携带的日晷，如我们今天还能见到的古埃及图特摩斯三世（约公元前1500年）时代存留下来的旅行日晷。但是日晷有许多局限性，比如它只能用于有阳光的白天，而且很难有标准的度量单位。人们怎样才能从太阳计时中解放出来，使黑暗的那一半也成为可以度量的时间呢？

人们想到了水，也想到了沙。它们都是一种可以流动、可以储盛的物质，可以在白天和黑夜都存在。古埃及人很快就发明了水钟。在瓶子的内侧刻着度量单位，底部开一个小洞，水慢慢滴出，瓶内水平面缓缓下降，就能计算流逝的时间。古希腊人和罗马人在制造水钟方面有更为精巧的技艺，后来在各地有很多人纷纷仿效他们。

更能使历代的诗人们对时间的流逝深怀感慨的是以漏沙计时，如圣歌里唱到："时间的沙粒正在下沉，天国正是黎明时分。"精确的沙漏计时器需要有高超的玻璃制造术，而且对沙粒的要求也很高。据中世纪一篇论文记载，沙漏所用的沙粒是经过磨细的黑色大理石砂粉，要把它们放在酒中煮沸 9 次，每次煮沸时都要把泡沫除去，最后将粉末晒干待用。沙漏比水钟更适宜计算较短的时间。

13 世纪末，人类发明了机械时钟，这是时间观上的一次根本性的革命，从此时间被视作一个无限延伸的永恒过程。而时间观念的变化往往可以反映出社会进化的状况，比如在中世纪的西方城镇，人们是通过教堂召唤做晨祷、弥撒和晚祷等仪式的钟声来获知时间的推移，而到了 14—15 世纪，许多欧洲城市市镇厅的塔楼上都装上了机械时钟，象征着从宗教社会向世俗社会的转变。实际上，历史上的人类社会、文化与时间观念之间存在异常复杂、丰富的联系，说起来就太长了，你们以后会慢慢接触到。

5. 历史学与科学

历史学是一门科学，不多也不少。

——J. B. 伯里

在 19 世纪，因为自然科学取得了惊人的进展，人们普遍相信一切人类的问题最终都可以随着科学的进步而得到解决。那真是一个充满天真的乐观情绪的世纪，人们是那样坚信科学的万能，对规律、进步等观念深信不疑。

那时的大多数历史学家真心地相信，如果面对同样的原始材料，比如前人的档案、遗物等，而且大家都使用公认的科学方法和严谨的态度，每个人都会得出相同的结论。更有一些思想家和历史学家坚信由于历史学已经成为科学，因而找出类似自然科学意义上的那种社会历史规律不但是可能的，而且是现实的。德国历史学家兰克的名言“客观现实”、“按照事实的本来面貌”成为

19 世纪这种史学思潮的代表。英国历史学家 J. B. 伯里于 1902 年就任剑桥皇家讲座教授时，以“历史学是一门科学，不多也不少”作为结束语，他坚定不移的语气令人无法置疑。

的确，听起来这种观点应该是不会有错的。你们肯定会想，难道不应该“客观如实”地反映事实的本来面貌？难道可以不相信科学吗？问题在于，历史学研究的对象与自然科学所研究的对象有着根本的差异。自然科学研究的是自然现象，科学家可以直接面对它们、观察它们，以至进行反复的实验来研究和检验。但历史学家所面对的对象一般来说是不可能直接观察的。历史学家无法超越时空限制而面对过去。他们只能面对一些历史的遗物，这些遗物本身无所谓证明什么，它们要依赖历史学家决定用它们来证明什么。而且，每个历史学家在价值观点、思维方法和史学训练等方面的差异更是一种普遍存在，大家在同一堆史料中看出的图景永远无法是完全一致的。

因此，“客观上发生了的事情”这个命题无法不变为

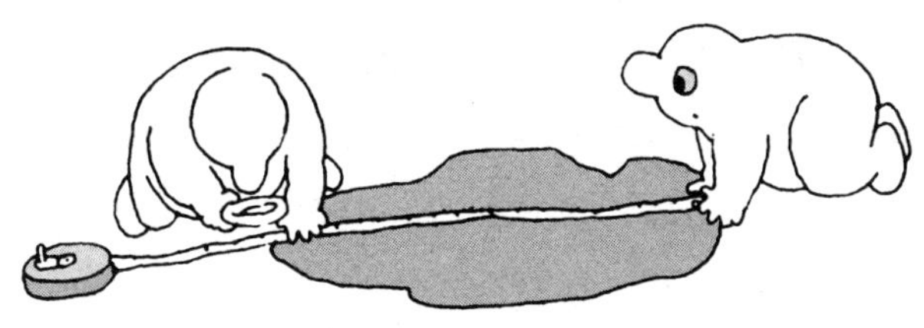

历史的真实性和云的影子差不多

“某位历史学家所理解的客观上发生了的事情”。更形象一点地说，并不存在一块埋在地里的、有一定形状和重量的像铁一样的客观事实，更不可能是只要你把它挖出来就可以“不多也不少”地拥有它。

你可能会说，有些事实的的确确是在某时、某地发生的，而且是不会被改变的，如“公元前 49 年恺撒和他的军队渡过了卢比孔河”，难道这不是一个纯粹客观的历史事实吗？是的，从它本身来讲的确是一件客观地发生了的事情。但是，你再想想，古往今来有多少人曾经渡过了这条小河，为什么历史学家仅仅记录了恺撒和他的军队渡河的事件？一个经过人的主观选择的事实难道还可以称之为“纯粹客观”的吗？

很明显，所谓历史事实实际上都是经过历史学家的选择而陈述出来的，没有历史学家的挑选、陈述，一切发生过的事情在发生之后也就永远消失了，正如至今为止的人类所发生过的绝大多数行为一样。

与此相关的是，史实并不是历史学家研究的初始出发点，也不是在经过挑选并赋予了意义之后就可以密封保存的，因为在现在和以后可能发生的事情很有可能会不断改变对某一史实的看法。

如果连什么是客观的史实都无法永恒不变地确定，那么，简单地把历史学看做是一门科学，这种观点本身是否科学呢？应该更进一步思考的是，如果简单地认为历史学是一门科学，便可以要求它发现和揭示人类社会普遍的、不会移易的规律。你们想想，如果人类社会真的存在这么一条今天已经被人们所掌握的、必然的历史规律，那么人类今后的历史创造岂不是太简单、太容易了吗？

当代英国著名哲学家卡尔·波普认为，即使从纯粹逻辑的角度来看，人类的历史进程受人类知识增长的强烈影响，而人类知识的增长恰恰是不可预见的，今天不可能预先知道明天我们才会知道的知识，因此人类不可能掌握历史的进程或规律。你们不妨也思考一下，历史学的思考可以违背这种思考的逻辑吗？

因此，我们应该以科学研究的严谨学风来看待历史学研究，但是万不可以轻易地宣称自己掌握了历史的真理、人类历史发展的科学规律等。

6. 刘邦的神话和辉格党人

历史……扯起谎来就像叙述真理一般。

——拜伦

既然“历史事实”总是经过历史学家选择和确定的，那么不可否认的是，总会有一些人会更加自觉地要以自己的主观意图来谱写某种“历史”，以此来达到功利性很强的目的。在这种情况下，历史学的功能就变成了制造神话。

在这里，所谓“神话”的意思就是往自己或某些人或某些事情的脸上贴金或者抹黑。先来听听一个人如何变成一个神的故事吧。

建立西汉王朝的汉高祖刘邦本来是一个小地主，但在古代某些历史学家的笔下，他被说成是古代帝尧的后代，又说他是人龙混种而生下的，还说他头上经常都有一朵云跟随着他。你看，由于有了这么多伟大、光荣的因素，刘邦当上开国皇帝不是很自然、很应分的吗？还有，刘邦做了沛县的一个小小的亭长，鱼肉人民、武断乡里、横行霸道。他在酒家喝了酒之后就赖账，还到处逮捕无辜的农民，诬蔑人家是盗贼，以此来勒索财物。但古代某些历史学家仍说他有仁厚的心肠，说他爱人民、乐善好施等等。他有一次在路上曾经斩过一条蛇，这本是平常的事，但后来某些历史学家说，他斩的蛇正是象征秦代政权的白帝子的化身。

总之，从出身到行为，历史学家都为刘邦找出了他之所以会从一个小地主变成皇帝的依据。当然，这些都不是历史的真相，而是某些历史学家制造出来的神话。古往今来的政治史著述、宣传中充斥着类似的大量神话。它们之所以会出现，无非是因为刘邦们喜欢自己被神化，而在刘邦们的领导下混饭吃的历史学家则自觉地要让皇帝喜欢。

历史上有太多的事例可以证明，刚刚取得政权的统治者为了证明其统治权力的合法性，为了让人民支持新政权，往往需要制造一些关于自己的道德形象、光辉业绩以及自己的敌人的丑恶形象的神话。在人类的社会政

他可能是天使也可能是恶魔

治现实中，历史叙事常被应用于为政权的合法性进行意识形态辩护，这在中国古代历史中表现得尤为明显。中国传统史观的核心是天命观影响下的历史循环论，朝代的更替既是天意也是民意使然，关键就是要为改朝换代后的新政权披上统治的合法性外衣。在这里，美化新统治者形象与向人民灌输新政权的合法性是同一回事。

如果说这种赤裸裸的个人的神话还比较容易看出来的话，另一种类型的神话就比较难识别了。英国历史学家 H. 巴特菲尔德在 20 世纪 30 年代出版的《历史的辉格解释》这本书中指出，辉格党人（17 世纪英国的一个党派，主张以君主立宪代替王权专制）的历史学家站在新教徒和辉格党人的立场上，极力美化使他们成功的革命。为达到颂扬今日政权的目的，他们往往以今日的政治需要来选择和编织历史。在他们制造的历史神话中，辉格党人的成功代表着不可抗拒的历史潮流；而在这种潮流面前，所有人都分为进步的和反动的两类，于是可以很简单、明快地把历史涂染成黑白两色，使人民易于接受和拥护新政权。在历史教科书和通俗读物中，这种简单化的、“辉格式的历史”是很常见的。

一般来说，这种有意歪曲、隐瞒历史真相的神话制造不可能永远得逞，因为时代本身的变化也会逐步改变原先那种需要神话、炮制神话的社会现实，因而神话的光环终有一天会消失。但是，这个过程可能需要有几十年的时间，在这段时间里几代人已经受到毒害，使他们的头脑装满了神话化的、“辉格式的历史”。这真是那几代人的不幸！

说到这里，你可能会问：难道那么多的历史学家中没有一个敢于说真话的吗？当然有。在中国古代就有过许多宁愿掉脑袋也要把皇帝的劣行如实写进史书的史官。然而，个人的道德勇气并不能抵御以体制的全部力量向人民灌输神话的现实，也不能矫正在某一时期内弥漫于历史学家中间的那种媚上的心态或思潮。我们不能苛求每一个历史学家都不怕死，对于那些每天都在课堂上或教科书里不自觉或自觉地制造着神话的历史教师，也要给予理解和同情。他们有些是麻木的盲从，有些则是如英国思想家波普所讲的：“是在皇帝、将军和独裁者的监视下写作的。”

刘邦的神话和辉格党人的历史观可能会主宰人们的历史视野、宰制历史知识的传授，这是需要警惕和努力消除的。

7. 因与果：络腮胡子与战争

研究历史就是研究原因。

——E. H. 卡尔

在生活中我们大概都会很自然地从因果关系出发来思考发生的事情，而且这种思维方法似乎毫无疑问是正确的。但我们或许很少注意到，其实我们对每件事情的因果关系的思考都是半途而止的。比如，一个人过马路给汽车撞死了，当我们了解到是因为司机喝醉了，甚至再进而了解到司机之所以会喝醉，是因为他和别人吵了架之后心里不痛快，所以借酒消愁，这事情就算很清楚了，没有人愿意再往下追问为什么吵架、导致吵架的那个原因的原因又是什么，等等，因为这样一来便是无穷尽的追问。但从逻辑上来讲，因果关系的逻辑就像链条一样，是一环紧扣一环的，任何原因都必然也是结果，在其背后都还有其原因。在哲学上，因果关系可能是永远无法从理论上弄个水落石出的。

在历史研究中，因果关系也是一个很重要的问题。可能大部分历史学家都会同意英国历史学家卡尔的话：“研究历史就是研究原因。”诸如一场战争为什么爆发、一个政党为什么会倒台等。中国思想家梁启超也说过：“说明事实之原因，为史家诸种职责中之最重要的。”历史事件的客观因果性的存在似乎是肯定的，问题只是在于如何把它挖出来而已。

然而，历史的因果关系即使是不容怀疑的，它也绝不是简单明了的，尤其是对原因的分析，历史学家面对同一事件很可能会归结为不同的原因。

我们来看 1152 年发生在法国的一场战争。战争的直接原因是法兰西国王路易七世的络腮胡子。他与法国一个公爵的女儿埃莉诺结婚时，得到法国南部两个省的陪嫁。后来路易七世剃掉了络腮胡子，他妻子埃莉诺对此极为不满，觉得他没有了胡子很难看，一气之下与他离婚，改嫁给英国国王亨利二世，并要求将其两个省的陪嫁转交给她的新夫。路易七世不肯，亨利二世于是发动战争，夺取陪嫁。这场战争断断续续地延续了 301 年，

只能在有限的范围内寻找原因

到1453年鲁昂战役结束后才宣布和解。

对于这一历史事例，我们的一些历史学家会说，络腮胡子只是一个表面原因，真正深刻的原因是英法两国之间存在的矛盾，即使没有这个络腮胡子的问题也会必然以另一种借口挑起战争。

这种解释看起来很有深度，它表明了这样一种想法：导致某一历史事件的原因可能是大量的、复杂的，而且都是真实的；但其中有一些原因是深刻的、内在的（如社会矛盾、阶级矛盾等），因而具有真正的历史意义，另一些则是表面的、偶然的，无法成为决定历史事件的真正原因。

但是，假如再进一步追问什么是“深刻原因”、“内在原因”，我们往往会发现答案很可能就是时代背景之类的东西，把它们说成是原因其实只是一种语义混淆或游戏。这种“原因”往往很深远，但距离具体事物也很远。在日常生活中，当我们寻找某一事情的原因时，一般不会这样思考。例如，你今天感冒了，你的妈妈说是因为你昨天穿得少了，而且又淋了雨；而你的老师则说，是因为你平常轻视体育课，体质不好，所以才会感冒。

路易七世，您干吗把胡子剃掉？

尽管老师的分析很深刻，但恐怕你还是会更接受妈妈的埋怨。

这种思维的分歧令我们想起了西方哲学史上一条叫做“奥卡姆的剃刀”的有趣定理。在 14 世纪，正统经院哲学家依据实在论的观点，认为应该把诸如“本质”、“隐秘的质”之类的东西加于一切现象之上，才能成为对事物的“科学的”解释。对此，英国哲学家威廉·奥卡姆提出了著名的“思维节俭原则”，即“如无必要，勿增实体”，主张把那些附加在真实的事物表面的无用的东西统统抛弃，用“思维节俭原则”这把剃刀把它们统统剃掉。在运用这条原则对各种事物进行解释时，我们的确有必要对种种抽象的、看起来是很深刻的说法进行细致的分析，看看是否真的有运用它们的必要。

实际上，络腮胡子就是这场战争的起始原因，无所谓什么表面或者背后。如果一定要论证清楚埃莉诺的心目中早就存有改嫁并争夺陪嫁的想法，不管有没有络腮胡子这个“表面原因”她都会付诸实现，其实是做不到的，因为一旦某个原因被看做是“表面原因”，那么根据因果关系的逻辑，任何一个“深刻的原因”相对于另一个可能存在的“更深刻的原因”又都只是一个“表面原因”了。因此，即使可以承认“研究历史就是研究原因”这个命题，我们也只能认为，相对于每一具体的历史事件而言，它们的原因都是具体、真实、确切的。

8. 偶然还是必然?

假如克利奥巴特拉的鼻子生得短了一寸，全世界的历史都要为之改变。

——布莱斯·帕斯卡尔

一场原以为稳操胜券的战争失败了；一个强盛的统一帝国在一夜之间就分崩离析了；一个很小的事件最终引发了惊天动地的变局……面对历史上一幕幕风云突变的悲喜剧，人们不禁会问：这些结局究竟是出于历史之神的恶作剧，还是必然意志的无情宣判?

首先，我们要弄清楚，上述这种疑问的关键之处在于，人们实际上是在问：历史是否始终受到某种必然因素的支配，并且必然地、不可避免地朝向某个方向发展?这里所说的“某种必然因素”当然可以是各种形式的，如上帝、命运、规律等。而“某个发展方向”，既是指任一具体事件的结局的方向，也是指人类作为一个生物种类的发展前景。

其次，我们还要把几个极其接近的概念集中在一起：如必然论与决定论以及宿命论，不管这三个概念在定义的表述上有何区别，它们实际的意思其实是有相同之处的：凡是历史上已经发生的事情，都是不可避免地要发生和要如它实际的发生情形那样地发生的。总之，历史只能是这样。

还有就是，必然论不仅是用来解释过去的，而且更是用来指明未来的——既然历史有其必然的发展规律，那么只要我们发现了这条规律，就毫无疑问发现和掌握了未来；于是就有可能产生代表着历史发展方向的人——那些掌握了必然规律的人。

实际上，在远古时代就已经存在必然论的思想倾向，例如关于一个部族或一个城邦的命运，总有一种被不可抗拒的力量推向前进的思想观念隐藏在其中。古希腊哲学家柏拉图将永恒不变的理念形态作为世界的实质，因而强调历史发展的必然性，以符合理念形态的恒常和必然。亚里士多德则从每一物种的特殊性，以及达到自己目的的所有变化出发，说明世界的发展是必然地有“目的”的。

先是偶然，然后是必然

到了中世纪，人们对于目的性、必然性的观念更为热衷，因为历史事件的发生、经历等波澜壮阔、充满变化的悲喜剧，似乎是无人导演的，但他们一致认为有一只无形的手在充当“神的意志”的执行者。尤其当人们难以找到对某一事件或发展的合理解释时，更对永恒的力量有一种膜拜心理。

近代的思想家则更多地从因果链条、内在规律、必然逻辑的角度，力图对历史发展的轨迹进行把握。对历史学家而言，建立一种历史研究的科学体系是一个很诱人的目标，而科学性必然要求有一种对事物的发展规律、必然性等的承认和阐述。正如英国史学家柯林伍德指出的，近代历史学是在自然科学方法的荫庇下成长起来的，“规律”的权威和力量深深地影响着历史研究。于是产生了法国社会学家孔德创立的历史发展阶段论，他认为，世界所有民族毫无例外地都要经历三个发展阶段：神学阶段、形而上学阶段和科学阶段，这是一条“伟大的根本规律”。

偶然论者则看到相互独立的许多因素的聚合其实是偶然的，这些偶然地聚合的因素常常导致历史以这种而不是那种面貌出现。法国思想家帕斯卡尔有一句广被传诵的名言："假如克利奥巴特拉的鼻子生得短了一寸，全世界的历史都要为之改变。"当然，这只是一种形象的说法，力图表明偶然性在历史进程中有可能起到的重要作用。

克利奥巴特拉是公元前 1 世纪埃及托勒密王朝的最后一位女王，她先后成为罗马历史上恺撒、安东尼等的情人，搅起阵阵旋涡，她的出众才貌的确是造就一位影响历史进程的人物的偶然因素。不少历史学家都通过这个人物事例思考历史发展中的偶然性问题。一位叫伯里的英国现代历史学家还专门写了一篇题为"克利奥巴特拉的鼻子"的文章，讨论这一主题。

事实上，在历史的进程中因偶然事件而导致巨大变化的事例仍有不少。例如，1920 年秋天，希腊国王亚历山大被他养着玩的一只猴子咬了一口而死去，这个偶然的事件引起了一系列的事件，以至于英国当代著名政治家温斯顿·丘吉尔爵士形象地说："25 万人死于这只猴子咬的这一口。"又如，俄国无产阶级革命的理论家和领导者托洛茨基在他的自传中说："人们能预见一次革命或一次战争，但没法预见秋天出去打野鸭子的后果。”他指的是1923年10月的一个星期天，他到沼泽地去打野鸭子，不慎着凉，导致连续几个月发高烧，使他在与季诺维也夫、加米涅夫和斯大林的党内斗争中失去了战斗力。

毫无疑问，偶然性在历史进程中的重要作用是肯定存在的。马克思也认为，如果排除了偶然性的作用，世界历史就带有神秘的性质了。英国历史学家约翰·阿诺德的《历史之源》（译林出版社，2008）最后一章的标题就是“说出真相”，该书作者认为很难同意关于历史存在一个“单一的真实故事”的观点，“因为没有任何‘事实’和‘真相’可以在意义、解释、判断的语境之外被说出”；但这些说法“绝不意味着历史学家应该放弃‘真相’，仅仅关注于讲‘故事’”，而应该“尝试在其偶然的复杂性的意义上说出真相——或者其实是许多个真相”。这是一个很重要的启示：在偶然性中很可能隐藏着众多的真相。

但是，在我们的教科书中，对于必然性的全面肯定和强调无疑远远超出了对于偶然性的某种程度的认可。我们往往习惯于把已经发生的事情看做是“必然”地、“不可改变”地发生的，既然世界历史只能是它现在所是的这种样子，那么怎能设想它不是这个样子呢？于是就很自然会得出“必然性”的结论。

但是，如果沿着这种思路，那么偶然性的出现也是必然的了（因为它也是不可改变地发生的、也只能是它所是的那个样子），这样，那就无所谓必然性和偶然性，对这个问题的讨论就变得毫无意义了。然而，这个问题之所以有讨论的意义，就因为必然和偶然是断然不同的。历史究竟是必然地如此这般，还是有着种种可能性、充满着偶然性的如此这般，这是一个值得思考、也很有趣的问题。

9. 人能自由地创造历史吗？

哦，只有自由的灵魂才能永葆青春。

——让·保·里克特

在历史的因果网络以及偶然与必然的重重制约和影响中，人究竟能有多大程度的自由意志可用于创造历史呢？

按照绝对的必然论、决定论的观念，人创造历史是难得自由的。而且有无自由意志都并不重要——反正结局是已经注定的，就像对待日历中明天的那一页一样，你唯一可以做的就是到时候就揭开它。否定人能自由地创造历史的理由是，人在现实中不可能不受种种条件的制约，因而人不可能随心所欲地创造历史。这个理由表述的本身没有什么不对，但问题在于，说“人能自由地创造历史”的意思只是指人的自由意志同样体现在历史创造的过程中，并没有排斥制约的条件。把“自由”理解为随心所欲肯定是不对的。

另一种说法则认为，人在创造历史的过程中所具有的自由意志是无法否定的，正如人对自己的任何一种细微行为的自由选择是无法否定的一样。否则就无法理解为什么处于同一环境中的人们的行为会有惊人的差别。

假定我们可以追询某个历史人物，问他在当时发生的某个事物中“为什么这样做”或“为什么不那样做”时，实际上我们已经把“人能自由地创造历史”作为一个不言自明的条件赋予了被追询者。面对事件的大趋势，个人自由意志的能力毕竟有限；但当面对的是实际的事件时，自由意志的运用和发挥则是明显存在的。这是因为，作为历史事件的行为人，他在历史事件的进程中总有种种努力，这些努力具有自由意志的成分，这是谁都无法否认的。

在某些历史事件中，人对历史事件的影响往往取决于一个人的自由意志的运用和发挥。有些人本来完全可以运用自由意志改变某件世界大事的结局，但他可能由于性格、心理、观念等原因没有运用；或者也可以说这正是他的自由意志的体现。

我们知道，1815 年 6 月 18 日发生在比利时的滑铁卢村的一场大战是决定了拿破仑和欧洲命运的转折点。

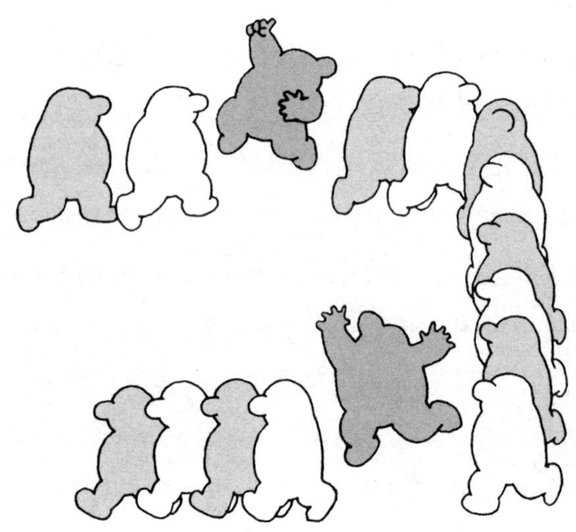

偶尔有个别人想自由地创造历史

而这场战争的结局完全是由拿破仑手下一个叫格鲁希的元帅的迂腐、犹疑造成的。他当时奉命率领一支部队追击普鲁士军队，然而当他们寻找不到敌人的踪影，而滑铁卢方向传来炮声、部下们都纷纷提出向滑铁卢增援的时候，这个习惯于唯命是从的元帅胆小怕事地死抱着拿破仑写在纸上的追击撤退的普军的命令，拒绝了部属们的请求。奥地利著名作家茨威格说，假若此时此刻这个人有勇气、有魄力，不拘泥于拿破仑的命令，而是相信自己、相信显而易见的信号、相信命运的召唤，法国就得救了。

由于没有援军，拿破仑失败了。我们无限感慨的是，命运竟然开玩笑似地把一个叱咤风云的英雄的成败交在一个平庸之辈手里，这个畏首畏尾的平庸的小人物本来可以在一瞬间成为历史的英雄，却错过了机缘。同样的、更深的感慨不仅发生在阅读历史之际，而且发生在我们这一代人的生命历史上。我们曾经有许多慷慨悲歌的时刻，也曾有过且今后仍然会有各种充满可能性的机遇，在过去的那些时刻和当下以及未来的这些机遇面前，历史本来完全可以在进步的而不是倒退的进程中获得飞跃，有些人物本来可以成为前无古人的真正的伟人。然而，他们“为什么不那样做呢”？对于一个民族和历史来说，这是很残酷的追问。

当然，能够允许个人的自由意志对历史进程发生影响的机缘是不多的，然而当这种机缘降临的时候，平庸之辈的一切待人处事的准则——唯命是从、小心谨慎等，都必将会使他怯懦地、哆哆嗦嗦地失去它。让我们记住，命运鄙视那些畏首畏尾的人；我们更需要记住的是，历史鄙视那些人的命运，同时历史也会对受那些人主宰的一个民族的命运表示深切的同情。

当然，我们也知道，人有自由意志并不等于可以做到自由地创造历史。古往今来，多少英雄奋力抓住命运的机缘，他们豪气盖世、意志刚强、奋力进击，但最终能成功地书写历史的实在不是很多。这是另一种悲剧，伟大而壮烈的悲剧。尽管他们失败了，但自由意志本身却因经受压抑、磨难而闪耀出人类的尊严和生命力的光辉。

10. 史　料

只要把全部史料给我，我就能把整个历史还原出来。

——艾克顿爵士

当我们步入历史学的殿堂时，一不小心就会被浩如烟海的各种史料所淹没。

通俗地讲，史料就是人类过去生活中的一切遗留品和痕迹。历史上的任何东西都能成为史学研究中的史料。史料分为文物、遗址、文字和口述史料等几大类。文物是人类生活中一切用品的遗存（包括生活用品、生产工具、武器、艺术品等）；遗址则是人类活动和居住的地点遗迹（如原址、村落、城镇、墓葬、宫殿、庙宇等）；文字史料指一切书面文字材料（如书籍、档案、文件、报刊、信札、日记、契约、铭文等）；口述史料是一代又一代人口耳相传的对历史人物或事件或习俗的传述。

史料是历史学家进行历史研究的最基本的原材料，没有史料就不可能有历史研究，正如巧妇难为无米之炊。德国历史学家兰克说：“与浪漫的虚构相比，历史证据美丽得多，有趣得多。”有价值的史料在历史学家的眼中异常珍贵，各种历史研究的流派、观点尽管复杂多样，但研究史料、尊重史料是其相同的基本点，也只有在此基础之上才有相互对话的可能。

在今天的生活中，我们每天每时所用的物品和不断生产、不断创造出来的东西，都有可能会成为未来历史学家研究我们的史料。古往今来的史料的数量之多、类别之丰富自不必说。任何人想要掌握全部人类过去的史料当然是不可能的，而只能尽量地熟悉和掌握他所研究的那个问题的有关史料。

有了史料，并不等于我们就可以成为历史学家，就像档案馆的管理员并不会自动成为历史学家一样。那些古物、手稿、账簿等都是沉默不语的，任何史料都不会自动成为有用的证据，只有历史学家恰当地向它提问并反复研究，史料才能活起来。

如何拼出历史?

历史学家首先碰到的问题是：潜在的史料的范围和数量是未知的、无限的，因而在收集史料的时候，他是否有足够的敏锐目光，是否下了足够的工夫和耐心，是否有充裕的时间和有利的条件等，都直接关系到他收集的史料是否充分、丰富。另外，还有很多人为设置的障碍在阻挠历史学家接触史料、研究史料，这样就需要历史学家拥有追求真理、弄清真相的道德勇气。

接着是对史料的真伪、意义、价值进行鉴别、整理，然后才能决定如何向它们提出问题和决定用它们来证明或解决什么问题。

由于史料具有丰富和复杂的特性，因此对史料的收集、整理、编辑、使用等方法形成了一门独立的学科，这就是史料学。各方面的专家运用专门的技术手段研究史料，例如考古学、语言学、版本学、古钱币学等，都从不同的领域和角度研究史料。历史学家一方面要亲自收集、研究史料，另一方面也要经常依赖史料专家提供的研究成果。

收集史料是一项很艰苦的工作，有时还要凭借偶然的机遇才会有收获。如果能收集到前人所未曾注意过或使用过的原始史料，如某些秘密档案、私人日记等，就会对研究工作产生重大影响。然而，历史上的各种档案、文件、出版物等浩如烟海，从国家到民间团体到私人的各种收藏、整理、借阅的情况千差万别，客观上使收集和研究工作常常变得很困难。

另一方面，国家或某些团体会对许多史料严加控制，特别是对历史上的一些敏感问题的档案材料严密封锁，造成人为的障碍。我们可以想象，从古代到今天，各种人物所遗留下来的文件、书信等由于种种原因至今仍被封锁。军队参谋部的电文，国家元首的密谈记录，银行的账本档案，主教们的病历，企业的环境污染测试记录，等等，它们由于涉及种种利益关系而被长期封锁，而且可能会永远沉默以至化为灰烬。在现代文明国家，这种来自国家权力的档案封锁的情况总的来看是越来越少了，但有些国家仍严格地控制着档案。

于是，历史学家有时要凭借机遇才能发现被封锁的史料。比如，一场突然而来的动乱，人们冲破了往日层层紧锁的铁门，这时主人们已经仓皇出逃，所有的秘密档案得以暴露于天日。又比如，某种现实的情势使一些史料从深宅大院流向社会。例如，在第二次世界大战以后，英国贵族地主迅速走向破产，他们往往会把家族收藏的历代家族档案出售给各郡的档案馆，从而使历史学家得以阅读它们。研究贵族史的历史学家很庆幸有这种机遇。

所有的史料都在历史的风雨中经受磨难。无数珍贵的史料曾经存在过，但又永远地消失了。古罗马时期，有多少政府的文件连同书籍、手稿等由于蛮族入侵而毁于一旦。除了人为的战争、动乱以外，蛀虫、老鼠、潮湿的空气、意外的火灾等，这一切都是史料的无情杀手。

11. 怀疑还是相信？

任何人都能用墨水想写什么就写什么！

——11 世纪法国洛林的一位乡绅

面对浩如烟海的史料，我们会自然地想到一个问题：那些文字材料都是真实情况的忠实记录吗？想想我们今天的情形吧，比如一份两国政府的联合声明，它要经过多少回反复的磋商，在此过程中人们如何小心翼翼地营造某种面对公众的氛围，又极力地隐瞒某些私下的交易；又比如私人日记，有些人是为了写给别人看的，于是有各种豪言壮语或崇高心迹；当然还有更赤裸裸的伪造，如假账、假文件、假书信等。由今天而可以推想古代，我们对任何文字史料都不应该盲目相信，而应该抱着一种提出疑问、深入思考的科学态度。

在生活中，很多人会比较容易相信报纸上登的、书本上印的、文件上写的东西，似乎凡是印成铅字的事情就都是真的——“你不相信？报纸上都登了！”其实，所有的文字不都是人写的吗？人会出差错，有时更会存心骗人。11世纪法国一位乡绅被一伙手持文字证据的教士控告，而事实上他是无罪的，对于那份证据他怒喊道：“任何人都能用墨水想写什么就写什么！”让我们永远记住这句话吧，它会使我们对一切文字材料保持警惕，不那么容易地上人类手写的、印刷的、刻在石头或金属上的文字的当。

在历史上，许多政府的、宗教的文件档案都有故意作伪的痕迹。中世纪史专家布洛赫告诉我们，在王室的特许状下面常写着由国王“颁布于某日某地”，而如果你参阅一下国王旅行的实录，就会不止一次地发现这一天国王根本就不在那里。在8—12世纪，整个欧洲到处流传着伪造的文件、王室特许状、牧师团法规、教皇法令。这些文件都是为了各种目的而编造出来的，一般都发生在某种产生争议的情景中，这些伪文件被用作证据而“据理力争”。更荒唐和可怕的是，当时的人并不将伪造、

如何分辨真假?

剽窃视为违背公共道德的行为，因而即使是最虔诚、最正直的人也都会参与作伪。

除了作伪以外，还有一种情况就是对文件档案的悄悄销毁或别有用心的推出，目的是抹去某些历史的痕迹或诱惑历史学家相信某些事情。

在英国近代以来的国家档案管理中，就曾发生过一些涉及国家政治形象的文件被有意销毁的事情。例如，英国国家档案馆有一个制度，要定期销毁一些的确没有价值的文件，因为对于档案馆来说，要原封不动地保存全部所有的国家文件实际上是不可能的。然而，这一制度很容易就被政府利用了。英国殖民地事务部利用这样的机会把 20 世纪 40 年代末与阿拉贡问题有关的部分文件销毁了，原因是想掩盖英国在托管政府末年出现动乱时所采取的行动。又如，有关 1956 年苏伊士运河危机的档案也在危机后不久被销毁或取走了。

与做贼心虚地销毁或取走某些档案相反的是，有些档案文件被有意地推送到历史学家的面前。如英国的《国家审判文集》是关于 16 世纪以来英国一些重大刑事案件审判过程的文件汇编，但前四卷是1719年由我们前边说过的那些辉格党人的宣传部门组织出版的，因此严谨的历史学家对于引用这部分文件十分小心。

在现代生活中，新闻传媒往往是记录史实的重要工具。然而它也是最容易出现差错的工具，如报道的失实、数字的错误、日期的不准确、地点的模糊等，是每日每时都存在的。看看自己的身份文件、履历档案等，按道理说那上面的记载都应该是真实、确凿的，但实际上我们都知道有这些情形：身份证上的出生日期与医院的出生记录不尽相同；户口本上记录的人口迁移日期与我们在迁移中使用交通工具等的日期记载也是不相同的……在我自己的户口本上，关于“从何地迁入本地”的记录就是不正确的，我明明是本地土生土长，却变成从外地迁入。其实是因为我在中学毕业后曾经下乡当务农青年，考上大学后把户口迁回原住地，但是办户口迁移的工作人员在填写时却漏掉了前面的户口迁出记录。这些很普通的例子可以说明，我们对于所谓的证件、档案等等常被认为是“第一手材料”的史料应保持警惕，否则就会吃大亏。

一个有丰富经验和阅历的法官可能会告诉我们，这个世界上根本就没有不需怀疑就可以相信的证词，不管它是出自总统还是出自警察。历史学家应该像法官那样，既不断地有所怀疑，又不断地有所相信。

但也往往会出现这样的情形：当人们面对一个疑团而又无力解答时，很容易在怀疑和相信之间来一个折中，这就是在生活中人们常说的那种“半信半疑”的态度。在生活中有时还可以半信半疑，因为那还可以走着瞧，及时修正自己的行为。但如果面对一个限时限刻要交出答案的问题，半信半疑其实是无济于事的。有一个笑话就是讲这种折中方法的可笑：老师提问一个小家伙，2的平方是多少？一个同学在他耳边轻声说“4”；另一个同学则轻声说“8”，于是小家伙想了想之后，就回答老师：“2的平方是6。”

对历史真相的还原只是历史学家在主观上应有的努力，但是历史学本身绝不是纯粹的事件记录本，历史学家也不能因为掌握了某些史料就认为自己掌握了真相。

英国著名的政治学、历史哲学研究者迈克尔·奥克肖特的论文集《历史是什么》(上海财经大学出版社,2009)中有多篇论文对于历史研究的性质进行了充满思辨性的阐释,其中一个很有启发性的观点是,历史学家不能仅仅依赖文献、档案就相信自己真的可以重构过去,而应该有思想、有价值判断,应该在掌握档案资料之外,以当前文明的关于思想、制度和发现的所有知识即整体的知识,作为准确地理解过去的基础。

怀疑,还是相信?——最重要的是以怀疑的、批判的精神去进行独立思考,不轻信也不盲从权威的结论或那些看起来是前人留下来的史料。

12. 历史中的传闻与口述史

注意，向左有炮弹坑！

——布洛赫

历史，半是传说，半是史实。

——丁尼生

历史中有很多遥远的传闻，当它们随风飘临在我们面前的时候，我们往往不加思考就相信了它们，要不就是不加思考就拒绝相信它们。这两种态度都不可取。传闻的特点是口耳相传，很直接，很原始，往往可以成为历史学家笔记本上的珍贵资料。问题在于，我们可不能完全不加核实和分析就相信了它们。

法国历史学家布洛赫在参加夜行军时，发生过这样一件事：从行军队伍的前头传下来的一句话是“注意，向左有炮弹坑！”而到了队伍最后一个士兵的耳里，这句话变成了“向左”，于是他就向左走，结果掉进了弹坑。这是一个很有意味的例子，它启发我们思考历史上流传下来的口语叙述资料有多少是被误传和误用的。同时，它也提醒我们不要迷信“现场”。我们有时容易相信来自“现场”的信息，以为那总是第一手的，最原始的，因而最可信。但现在我们明白，即使是在一支小小的队伍中的即时传递，也会出现这种重大的偏差。

人在现场之中有时反而会不知道实际上正在发生什么事情。真正参加过战斗的人恐怕会有一种经验，那就是你对战斗是否已经结束和这一仗到底谁赢了，可能都茫然不知。现场往往是一阵混乱的旋涡，一片弥漫的烟幕，人掉进其中时头脑往往也是一片混乱或一片空白，这时候从现场传出来的口头传闻往往是五花八门的。这足以破除我们对于“现场”和“目击者”的迷信。

然而，在古希腊，目击者的证词曾被认为可以作为推论事情真相的依据。在希罗多德和修昔底德的著作中可以看到他们是如何运用目击者证词的。应该说，不管这些目击者的证词是否很可靠，它们本身就是希腊古

现场总是最混乱的地方

史的珍贵史料——起码说明了在当时曾有这样一种传闻。

与炮弹坑的例子不同的是，在历史事件中有时还有另一种传闻在起作用，那就是谣言的传播。这些谣言的起因并非都是有意的恶作剧或别有用心的阴谋，有时是由于错觉、猎奇心理和新闻传播心理等集体意识在作祟。

在第一次世界大战中，前线战壕中不断形成和传播着各种谣言。历史学家在研究这一现象时，发现它与各国政府的宣传机器和新闻检查制度的设立有很大的关系。前线的士兵们普遍认为，政府总是在有意隐瞒真实的消息，因此，在政府控制下的报纸和政府公告上的东西是根本不可以相信的。他们宁愿相信从传令兵、炊事兵的嘴里传出来的小道消息，正如在政治高压、新闻封锁的社会中，人们宁愿相信那些关于某个领导人的健康状况、某个阶层的腐化堕落、某次会议的内幕传闻等小道消息一样。

在这里还必须看到在历史事件中政府对于“谣言”所采取的态度是很重要的。一个最简单的道理是，反击任何谣言、诬蔑的最有力的方法是彻底公开全部真相、全部言论，让公众获得分析、思考和发表个人见解的最基本平台，只有这样才能使政府避免一切断章取义、隐瞒更多的真相、掩盖不利于自己的事实等嫌疑。否则，即便说了真话也无人相信。从这个意义上说，谣言并不可怕，可怕的是：如果政府没有勇气在造谣者面前公开全部真相、全部言论，如果政府没有勇气让媒体自由地发表一切观点，实际上就成了造谣者的帮凶——他们不正是依赖政府不敢或不及时发布真实的信息才获得发布谣言的可能的吗？对于历史事件进程中的这种“谣言”与“反谣言”的情况，历史学家尤其需要以现在所能知道的各种材料予以澄清。

在当代史学的发展过程中，依据口头叙述的材料进行研究的方法日益得到一些历史学家的重视，因而发展出史学研究的一个分支——口述史。这些历史学家认为口述史能对历史的情景、事件发生的过程作更为生动、细致的描述，而且比文字史料能更多地反映下层民众的真实生活。因此，他们大都比较有兴趣研究劳工阶层和普通城市居民的历史状况。比如，英国有一些社会主义历史学家就创办了一种名叫“口述史”的刊物，研究历史上工人阶级的劳动条件、家庭生活等问题。

进行口述史研究的努力是可贵的、有重大意义的。的确，我们在以文字形式记载下来的史料中很难全面、深入地听到来自下层社会的人们的声音，就如我们每天都打开厚达几十版的报纸却仍然可能无法了解社会底层的真实状况一样。通过口头叙述、回忆，我们有可能掌握许多通过文字的渠道难以获得的珍贵史料。

尤其是，在一些特殊的社会政治环境中，当统治者对某些已经发生的历史事件十分敏感，很不希望人们议论、记忆、研究它们的时候，一切有关这些事件的文字材料都会被严加控制。在这种情况下，有正义感和历史责任感的历史学家或某些有心人就会深入到当事人中间，采访他们，记录下他们对事件的回忆、评述，这对于日后的历史研究将是无比珍贵的史料。又比如，许多历尽沧桑的老人对往事的回忆，也是珍贵的口述史料。

口述史的发展固然为史学研究增添了一种新的研究方法，但它本身也如历史上的传言一样，需要经过严谨的考证、分析才能被作为有价值的历史史料而采用于历史著述之中。比如，口述者的回忆可能是不准确的，也可能因受到采访者的提问所引导、暗示而有违真实。

总之，历史学家对于从队伍前面传下来的声音一定要细心分辨，否则就会掉进弹坑。

13. 什么是最好的解释？

最可能的解释就是最好的解释。

——源自威廉·奥卡姆的思维节俭律

收集史料、提出问题、作出解释并予以证实，这可以看做是历史学家的主要工作。这过程有点像侦探破案，充满疑问和推理，是一种艰苦的、同时也是引人入胜的思维劳动。但是，历史学家往往没有侦探那么幸运，他们所依据的史料基本上都是沉默不语的，几乎不可能有一个最后的证人出庭证实历史学家的解释。

因此，历史学家应如何对史料作出解释，以及什么样的解释才是最好的解释，都是很值得思考的。

从整体上看，人类过去遗留下来的一切史料的确浩如烟海，令人有望洋之叹，但就历史学家所深入研究的某一具体问题而言，则有时会遇到史料阙失、费解的问题。千百年前撕碎的一把羊皮纸碎片，几万里河山之间隐约显露的一点痕迹，就如听到被夜风偶然吹送到耳边的几句窃窃私语一样，全都是一鳞半爪，怎样才能复原出整件事情的真相呢？或者说，怎样才算是对史料作出了最好的解释呢？下面是一个小小的事例，曾被用来说明收集资料、进行推理和予以证实的过程。

1959 年冬天，两位考古学家在英属洪都拉斯进行野外考察。工作之余，山中的一块约 100 平方英尺的空地引起了他们的注意，因为地上的草都被压平了。他们很自然地就想到，是谁来过？发生在什么时候？为了什么目的？于是他们开始巡视地面，结果发现一些写着英文的碎纸片，但原件的内容已无法知道。他们更耐心地搜索，于是又在草地上发现一些排列成长方形的窟窿、呈三角形的浅的压痕，还有双辙车印痕和营火余烬；最后发现的是一粒纽扣，上面有一个图徽。最后这个线索使他们感到有可能解开这个谜团。

他们的推论是，这里曾有过一支军队宿营，人数为 20～30 人，乘双轮卡车来到；列成长方形的窟窿是搭营

解释为神的脚印

帐的桩眼，呈三角形的浅压痕是三支步枪为一组架在地上留下的痕迹；他们在这里待的时间起码有好几天，足可以让一粒纽扣脱落，以及有必要写信，然后又把信撕碎。

对于他们的推论和解释，我们是否可以相信呢？在回答这个问题之前，我们先来看看另一个例子，对我们会有启发。

设想有一个人头戴一顶黑色的高筒礼帽，在积雪很深的街上行走。街边有一群调皮的男孩在扔雪球，其中有一个雪球向那顶黑色礼帽飞来。现在让我们对马上就要发生的事情给出两种解释并在它们之间作出选择：第一种是当雪球即将击中黑帽时，一个天仙从天而降，把黑帽从那人头上取走；第二种是没有什么奇迹发生，雪球把帽子击落了。我们当然选择第二种解释。

这个例子常被用来说明奥卡姆的思维节俭律，它的意思是说，最可能的解释就是最好的解释。按照这条定律，回过头来看看上面两位考古学家的解释，我们应该承认，他们的解释是最有可能的解释。在完成了推论之后，他们就向当地官员了解情况，结果证实几天前的确有一支英军小分队来过这里进行露营演习。

再让我们从真正的历史研究中选取一个例子来说明什么是最可能的解释。

古埃及的胡夫大金字塔是有史以来最大的单体人工建筑物。长期以来，历史学界和考古学界对于建造金字塔的目的和它如何从阶梯形陵墓发展而来以及所使用的技术手段等都进行了深入的研究，应该说，在 19 世纪金字塔热中出现的围绕《圣经》的记载而展开的离奇解释早已不值一提。然而，至今仍有不少人热衷于以天外来客、功能特异等虚无缥缈的说法来解释金字塔的由来，他们的关键错误就在于对已有证据所提供的最可能的解释视而不见：古埃及人关于灵魂不死的观念，木乃伊，墓室，阿斯旺的水路，运输方便的花岗石矿场，前王朝时期就出现的绳索、捆具，可以用来加工石灰岩的铜制锯和凿，从马斯塔巴墓到阶梯形金字塔再到斯奈弗鲁国王的折弯形金字塔的演变过程，等等。毫无疑问，这些就是最可能的解释，因而也就是最好的解释。

抛开那些故作标新立异的胡思乱想吧，想想什么是最可能发生的事情和解释，这样你才能学会对史料作出解释。

14. 历史学家应如何还原历史情境?

历史学家的研究以严谨、客观为基本要求，但是很多人的历史著作会因此而写得比较枯燥和沉闷；更重要的是，这种枯燥与沉闷可能不仅仅是文风的问题，还掩盖着研究者本身对于他所研究的历史情境缺乏认识的问题。

真实而生动地还原历史情境是历史研究中的更高要求，如果达不到这个要求，其实并不是严谨的态度、客观的分析方法的过错，而是既缺乏对历史情境的丰富材料的掌握，又缺乏想象力和写作的形象描述能力的结果。历史学家应该在内心具有对于人物和事件的体验力和想象力，通过体验和想象还原出一种真实的现场感—— 这就是对历史情境的生动还原。

在这方面，有时候历史学家应该向那些出色的新闻工作者学习，他们的报道中最吸引人的特色可能就是既客观准确、又生动和有感染力的现场感。

例如20世纪上半叶美国记者哈雷特·阿班，他的回忆录《民国采访战》（广西师大出版社，2008）就是对历史学家深有启发的文本。1926年阿班第一次踏上远东的土地，这位“为新闻而生的记者狂人”的第一个工作站就是广州。在他的笔下，1926年的广州呈现出一幅我们今天看来极为陌生的图景：思想研讨与暴力斗争并存；狂热地日夜工作、叫喊、行动，既为了拯救中国也为了征服中国，其中很多人后来成了名人或败类；合作与背叛来得快、去得也快，一些人广州失败后狼狈地漏夜搭船下香港，几个礼拜后又施施然地在西关茶楼密谋下一轮的政变……更有意思的是，他说那时的上海人把广东佬的吵吵闹闹看做一场笑剧：“他们总在那儿瞎折腾，多少年了，老是那样。不过说实在的，成不了什么事。”身为记者的阿班却坚信，这一年在广州发生的事情是一场巨变的开端—— 这就是记者敏锐的历史感。他告诉我们，这一年的春天不宜去风景秀丽的白云山野餐，因为那里土匪成灾；他还发现，原来在沙面珠江上的画舫都腐烂在泊位里，热闹的大街上会突然地空无一人，接着便是机关枪响作一团；他看到罢工人士还会来到广州精神病院，把三百多名男女精神病人随便赶到街上了事……

这些都是通常在历史著作中较易被忽略的现场感，而这种现场感的重要性在于它传达出那个时代所特有的狂热、紊乱的献身精神。正是这种现场感，使我们有可能还原出当年广州历史的生动情境。如果不是历史事件的亲历者，生活在今天的人当然不可能拥有当年历史的亲身体验，但是这并不等于说我们无法获得对于历史的体验和想象，无法还原出历史的生动情境。关键在于，应该更全面地收集第一手的历史资料，如当事人的日记书信和回忆录、当时的新闻报道等。像美国记者阿班这种充满现场感的新闻回忆录，就是很好的还原历史情境的珍贵史料。

阿班的回忆录除了具备充满现场感的特征，还反映出他具有一种自我反思的能力。当他目送着国民党的北伐军队从一条羊肠小道出发，看到队列中的一切都显得杂乱无章时，顿时开始怀疑自己的热情是否出于盲目，对未来历史的书写结果感到把握不定。这种对自己的感觉、观点不断反思的能力也是在还原历史情境的过程中必须具有的。因为，当研究者掌握了大量的生动材料、积累了越来越多的内心体验和感受的时候，容易出现的问题是过分陶醉于历史情境之中而失去了判断的能力。如果是这样，对生动情境的还原就会对历史研究的客观性和严谨性带来不利影响。因此，阿班的敏感与反思既是新闻工作者必须具备的最重要的素质，其实也是力图还原历史情境的历史学家应该具备的素质。

我们还可以看到，即便是在编写大事年表这类最容易被看做是枯燥乏味的工作中，都可以做到生动地还原历史情境，这是多么令人神往的事情。日本思想史家矢代梓（本名笠井雅洋）编写的《二十世纪思想史年表》（学林出版社，2009）可能是同类年表中非常独特的一种，他的好友今村仁司在为该书撰写的前言中指出，其特色在于关注细节、暗示被隐藏的历史联系——细节和被隐藏的历史联系，这不正是历史情境中最吸引人的地方吗?

矢代梓对于藏书有着异常强烈的癖好，并且专注于真相的细节、隐秘的声音和吊诡的精神世界，编写思想史年表工作对于他来说有点像铺设一盘充满诱惑、疑问和杀机的棋局。比如，作者以“死亡”作为这部思想史年表的开端和结尾的主题：1883 年马克思、瓦格纳逝世；1995 年德勒兹、列维纳斯、海纳·米勒去世—— 除了死亡所具有的“终结性”含义之外，是否还别有思想谱系的玄机？又比如，对 1933 年科耶夫在巴黎高等研究院开讲黑格尔哲学课程一事的铺陈，似乎是要说明第二次世界大战后法国思想体系的源流。作为一部篇幅很有限的年表，各种情景中的细节似乎是注定要割舍的，但是该书却充满了众多的细节，正是这些细节使思想史“活”了起来。如 1932 年某日萨特、波伏瓦和雷蒙·阿隆在双偶咖啡馆都要了一杯杏仁口味的鸡尾酒，阿隆指着这杯酒问“什么是哲学”的问题，令萨特激动得脸色苍白，这杯酒导致萨特在几个月后到柏林研究现象学。

一部思想史年表因此而变得有声有色，还原出极其生动的思想史情境，足以唤醒任何沉睡在书页中的密纳发的猫头鹰。

15. 餐桌上的历史

不要一谈历史就想到皇帝贵族、改朝换代、征战杀伐的故事，当你和家人围在铺着洁白餐布的桌旁准备就餐的时候，其实一部人类生活中最重要的历史就有可能铺展于你的眼前。对于这部历史的情境还原不仅是对历史的认识，而且也会是对今天人类生活的认识，比如，关于餐桌上的历史。

在考古学领域中，有一个专门研究人类食物的生产和消费的历史遗存的分支，叫食物考古学；在历史学领域中，更有专门的烹饪史研究、食品生产史的研究。另外，在人类学、民俗学、民族学、社会学等不同的学科领域中，也有不少与人类食物的历史相关的研究。食物考古学借助大量考古发掘和历史文献研究的成果，分析和描述了从旧石器时代到今天网络时代人类如何获得、制作和分享食物的历史图景。应该注意的是，在历史上人类懂得分享食物的重要性远超出我们普通人的认识。学者们认为，塑造人类行为的动因主要是通过协作获取和分享食物，“采取食物分享有利于发展语言、社会互助和智慧”，因此，“营地是社会生活的中心，人们在此分享食物”；古人类学家理查德·利基认为，“食物分享假说是在那些用以解释是什么力量使得早期人类走上通向现代人之途的学说中最可信的”；另一位古人类学家理查德·波茨也认为，“家庭基地、食物分享假说综合了人类行为和社会生活如此多的方面——互惠体系、交换、亲属关系、生计、劳动分工和语言，它对人类学家来说是重要的。”（理查德·利基：《人类的起源》，上海科学技术出版社，1997）

考古学家和历史学家都指出，今后的世界史前史研究将不仅仅是围绕宏伟的纪念碑、宫殿和神庙展开的叙述，还会包括不同社群分享食物的各种方式，而且延续到今天由食物链所连接的“地球村”时代。

在这里可以推荐一部关于“吃”的历史著作，德国民俗学家希旭菲尔德撰写的《欧洲饮食文化——吃吃喝喝五千年》（左岸文化事业有限公司，2009）。可以说这是一部欧洲饮食简明通史，从新石器时代直到该书作者收笔的2001年，这种通史式的结构于同类书中并不多见；无论从章节安排还是内容选择，均可见德国学术传统的严谨与精确。该书作者以历史学和民俗学研究的深厚功力研究欧洲人的饮食史，宏观视野与个案研究相结合的分寸把握得极好。大而言之的经济史、政治史、文化史、植物栽培史、家庭生活史等均与饮食变迁紧密相关，而且是结合各时期饮食之变而精心论述，这种论述使我们可以深刻地认识到我们的餐桌其实就是历史的一个缩影，认识到宏大的历史事件与普通人生活的联系。在该书各章节中有很多精心选择和运用的研究个案、史料阐释，例如通过1517年科隆一位市议员宴请达官要人的晚宴菜单、服务、餐具、花费等资料，从一个侧面论证了饮食史研究中的一个问题：在近代初期的政治、经济社会发生深层转变之时，饮食文化仍然在很大程度上墨守着中世纪的陈规；又比如对德国纳粹时期的饮食变化的研究，揭露了纳粹以饮食作为控制国民资源、建构“民族共同体”的政治和意识形态的工具。正如该书作者在“自序”中所言，饮食文化可以映照出社会政治的价值和秩序以及历史的变化。

也有历史学家和人类学家更为直接地把“吃”的历史学研究与政治学、伦理学的研究结合起来，这样的一部“餐桌上的历史”就包含了更为丰富的内容，对现实生活的启示就更为直接和重要。人类学教授明茨的《吃》（新星出版社，2006），它的副标题是“美味即自由”，隐含着在摄食行为中必然地包含有对权力的选择、对自我的认知和对自由的感受等内在的意义。该书作者同样运用了大量的珍贵史料，但更闪耀着伦理批判与政治斗争的光芒：食物与各种权力的关系，糖、茶与英国工人阶级……他对16—19世纪加勒比海地区奴隶制度的研究是以食物与自由的内在关系为中心的，对英国社会和经济转型的研究是以蔗糖取代蜂蜜的变化为中心的，又在糖的食用中看到了道德批判、个人主义、浪漫主义等思想史论题。

可以说，类似“餐桌上的历史”这样的研究课题在历史学领域中大量存在，它们分别指向人类生活的各个方面，汇成了一部人类生活发展的总体的历史。从衣、食、住、行到更细微、更具体的物品，历史学家都饶有兴趣地、孜孜不倦地进行着研究。

16. 历史如何书写死亡？

它在我们国家的历史上写下了最惨痛的一页。

——尤先科

有哲学家说，学习哲学就是学习死亡。其实学习历史也是与对死亡的体验、研究紧密相连的。更重要的是，研究历史上的死亡现象以及政府、人民如何看待死亡现象，这就是历史对死亡的书写。在本书中，这是一个最沉重的话题，也是最不应被忽略的话题。

当历史书写着死亡之页，死亡本身并不能为这一页打上句号，而是必须等待对死亡的描述、认识、判断；更何况我们是多么熟知死亡被刻意隐瞒、被违心诬蔑的历史，意义重大的死亡之页常常要经过漫长的期待、斗争甚至以付出新的死亡为代价，才能完成它的书写，才能最终掀翻过去。当这种情况出现的时候，我们才明白死亡的完成是多么困难的事情，我们才发现有多少次微风试图掀动这死亡之页，有多少次阳光试图穿透这死亡之页，但是我们仍不得不在黑暗中等待。

知道为何历史对死亡的书写如此难以完成吗？因为死亡实际上从来没有对正义、不朽、记忆、平反等有过承诺，但是在我们的文艺中最常见的台词却是“你的血不会白流”—— 然而，难道我们耳闻和眼见的白流的鲜血还少么？

历史之神常给人这样的诱惑：公正、永恒，实际上却有无数的冤屈、遗忘，像阎王一般在黑暗中守候着死亡的降临。我们就说一个不太为人注意的匈牙利的例子吧。从 1989 年起，匈牙利人开始悼念在以往政治史上被处决的人—— 与卡达尔政权有关的政治死难者。1995 年在布达佩斯召开了一个研讨会，讨论如何庄严地给予死难者一种纪念仪式，以及一块新的墓地，这才可以说进入历史书写死亡的结语篇章。专门研究死亡史的法国学者米歇尔·沃维尔认为匈牙利人的这种做法体现的是和解，而不仅是忏悔。是啊，这一页的翻动往往不是为了党派复仇或历史清算，而是为了实现一种共同面向未来的和解。只要这一页翻不过去，内心的裂痕将永远无法修复，和解将永远无法真正降临。

对于历史上的死亡的记忆和书写，有些民族会表现出惊人的持久关注和强烈的悼念情结。2008 年 8 月 9 日，我在日本，夜宿东京湾的华盛顿酒店，打开电视机，才猛然记起当天是长崎原子弹爆炸纪念日——8 月 9 日。当天的长崎市迎来原子弹爆炸 63 周年纪念日，在长崎市松山町的和平公园内举行了“原爆死难者慰灵仪式暨和平祈念仪式”。在当年原子弹爆炸的上午 11：02，参加者集体默哀，为死难者祈祷冥福。据长崎市政府统计，这一年被害者死亡人数为 3 518 人。至今原子弹爆炸死难者名单共计 145 984 人，居住在长崎市的被害者平均年龄比去年上升 0.6 岁，达到 74.6 岁。去年死亡的被害者是 3 069 名。这一统计行为本身就令我心惊：63 年过去了，日本人仍然在每一年的这个日子统计和公布曾受过原子弹伤害的人的死亡情况。每年都有被害者家属团体组织的各种活动。63 年的光阴流逝，几代人的生命更替，居然磨洗不了那一瞬间炫目的爆炸。相比之下，我们中国人的记忆是何等的速朽啊！

历史学家对死亡的研究还肩负有重要的使命：敦促政府承认历史上的悲剧与人为罪恶，敦促政府负起与历史和解的责任。2003 年，新华社发布了一条消息：11 月 22 日，乌克兰政府官员和民众在该国首都基辅举行活动，纪念 70 年前发生的一场饥荒—— 该事件作为秘密一直被隐瞒多年。当时这次大饥荒共饿死乌克兰全国人口的三分之一，乌克兰总统尤先科试图将此事件定义为“种族灭绝大屠杀”。在 1932—1933 年的大饥荒期间，每天大约有33 000名乌克兰人饿死，人吃人的惨状在乌克兰各地出现。2006 年，约 30 个国家在联合国签署一项联合声明，纪念因苏联政府的错误而在饥荒中死去的无辜百姓。该声明意味着国际上首次承认存在这一饥荒事件，并且承认这场发生在苏联斯大林时代的饥荒系人为造成。这一年，乌克兰民众举行了大型仪式，纪念苏联时期乌克兰大饥荒 73 周年，乌克兰政府下令在全国各地将黑色缎带挂于蓝黄色国旗上，乌克兰总统尤先科和议会发言人在基辅为筹建中的纪念馆揭幕，政府官员也在为1 000万名受害者而建的纪念碑前献上鲜花。尤先科在当晚的纪念仪式上说，“我们从来就容忍不了讨论七十多年前的大饥荒所带来的羞耻，它在我们国家的历史上写下了最惨痛的一页。”

过去我读古希腊历史学家希罗多德的名著《历史》，曾为书中（第六卷）提到的一段史事深深感动，并把它写入我的教案。公元前500年，小亚细亚的希腊城邦米利都发生反抗波斯统治的起义，结果于公元前494年被波斯人血腥镇压。米利都城失陷，大部分男子被屠杀，妇女儿童被掠卖为奴隶，神殿与圣堂被劫掠、焚毁。希罗多德接着谈到，在过去当叙巴里斯人被克罗同人掳杀时，全体米利都人不分老幼都剃光了他们的头以表示哀悼；而在米利都悲剧发生后，叙巴里斯人却没有任何表示。希罗多德因此认为叙巴里斯人没有对米利都人给予公正的回报。在这里我理解了米利都人为什么被称为“爱奥尼亚的精华”，除了这里是诞生人类历史上第一个哲学学派的城邦以外，他们对外邦的死亡悲剧的反应凸显了感同身受的伟大的悲悯情怀。同时我们还可以进一步思考：关于死亡的情感作为一种回报，还具有伦理学上的公正性。在人类各族群之间的维系已远较古代紧密得多的今天，对发生在异国的屠杀、自然灾难等等悲剧表示感同身受的哀悼，不仅是为了抚慰情感，而且更重要的是体现人类社会的正义立场和原则。

17. 历史的魅力与“看护人”的职责

往昔的唯一魅力就在于它已是过去。

——英国诗人王尔德

历史的魅力往往是很诱人的：中国古老的周原上那些与青铜锈迹相伴的萋萋青草，黄土地上那些在已成废墟的宫殿遗址上飘落的雪花，江南水泊边夜半传来的佛寺钟声……浪漫主义的历史感所唤起的不仅仅是历史研究中对真相的追忆，更重要的是唤起了人的内心深处对那些事物的眷恋。

这种最深的眷恋与成形的历史文物其实没有太大的关系，它的对象是镶嵌在内心深处的碎片，那些带着昔日生活的所有温情气息的碎片——正是这些碎片铺砌着人的心灵史。因此，历史的魅力只与人的心灵有关。从最根本的意义上说，历史学家的使命就是为人的心灵守护着那种魅力。

奥地利诗人里尔克说，所有的那些普通的“房子”、“井”、“塔尖”，甚至一件衣服、一件长袍都有无穷的意味，都有丰富的人性蕴涵。他的意思就是，应该在最简单的与往昔相联系的物事中重温人性的一切。关于往昔的这种魅力，另一位诗人王尔德说得更直接：“往昔的唯一魅力就在于它已是过去。”是啊，如果不是想到“过去”的无法追返的性质，中国古代伟大的诗人面对滔滔江河的时候为什么会涕泪横流？

还需要细心思考的是，历史的魅力对于心灵所具有的真正价值并非只是面对过去，同时也是面向未来——为了在未来的岁月中反抗心灵的贫乏与枯竭，也是为了使未来的岁月具有一点值得更遥远的未来怀念的东西。其实，历史魅力的守护者（历史学家）总是提前站到了未来，回过头来看到现在生气勃勃的一切终将化为废墟。如果没有了持续不断的对往昔的珍爱和眷恋，眼下的一切在烟消云散之后又有什么意义呢？如果人类失去了关于自身存在的记忆，等于使现在的一切也变得毫无价值。

历史学家对往昔的魅力的守护不是一种功利的事业，而是一种类似宗教的供奉和信仰。就连法律这样在人们看来是彻底的世俗事业，在美国著名法学家伯尔曼看来，也是必须被信仰、被供奉的，否则它将形同虚设。何况是历史？

在谈论历史和历史学性质的时候引入神性的问题是否有必要呢？古罗马政治家和神学家西塞罗说：“一个人只要在回忆和认识自己从何而来，他便是在认识神。”这句话不应被简单地看做是神学家的妄语，它把一己肉身在凡世中获得的最遥深、最内在的感受升华至神圣的境界，难道这不是一种关于历史的深刻的体认吗？

那么，作为心灵守护人的历史学家的神圣职责是什么呢？我们不妨先来看看现代哲学关于自身职责的一种说法。20世纪德国伟大的哲学家海德格尔说，哲学是理性的“看护人”；他心目中的哲学就是为了反抗对存在的遗忘、反抗对至关重要的实存之神秘性问题的无动于衷——他认为正是这些遗忘和无动于衷使人们失去家园，无家可归，被异化于野蛮状态中。在德语中，他说的“看护人”（verwalterin）这个词对他来说至关重要，它意味着“看护人的职责”，即看护人对遗产的主动保管的责任。

如此看来，我们也不妨把历史学家作为守护者的责任看做是与遗忘和无动于衷的斗争。与遗忘作斗争是比较好理解的，什么是与无动于衷作斗争呢？就是与那样一种状态作斗争：丧失了记忆但无动于衷，目睹着文化记忆的脆弱和珍贵暴露在权势与资本的无情蹂躏之下而无动于衷，经受着精神与肉体的分裂而无动于衷。17世纪法国的塞维涅夫人在一封信里说，当她看到有一片古老的森林被砍伐时，几乎要哭出声来：“那些愁容满面的林中仙女，那些无处安身的森林之神，那些两百年来一直以这片树林为家的老乌鸦，那些在幽暗的密林中用凄厉的叫声预告人类不幸的猫头鹰，昨天都向我诉说他们的痛苦，使我为之动容。”历史学家同样会听到来自被遮蔽和被抹杀的历史深处的凄厉叫声，同样会为之而动容。美国著名的城市理论家刘易斯·芒福德说，当古希腊雅典学院关闭时，古典世界的灯火熄灭了，人类的厄运从此降临。

作为往昔魅力的守护者，历史学家力图要在人们心里唤起的是对于过去的怜悯和敬意，是对于磨灭那些记忆的恐惧。

18. 历史学家的道德审判

历史的审判并不亚于上帝的审判，在它面前，每个人都必须为自己辩护。

——李公明

人类社会充满了善与恶的斗争，“历史只不过是这种无休止斗争的记录”（法国历史学家米什莱语）。那么，记录者对善与恶所抱有的情感难道不会或不应在这份记录中有所流露吗？一般来说，大多数历史学家都会认为褒扬善举、谴责恶行是自己不可推卸的责任，也是历史学的尊严与使命所在。

然而，也有一些历史学家从不同的角度提出反对的意见。如德国19世纪著名的历史学家兰克从历史研究的客观性出发，认为历史学家的工作只能是为世界历史的伟大审判做好准备，而不是执行审判。意大利当代著名哲学家、历史学家克罗齐则有更为独特的想法，他认为历史人物属于过去，这些人已经在他们的时代接受过审判，因而是不应该被判两回罪或被赦免两回的；历史学家无权像法官对现世的疑犯那样对他们审判或赦免，如果这样做了，表明他们缺乏历史感。

上述这些见解可以帮助我们从另一个角度思考道德审判的问题，但我们无论如何还是不能同意它们，原因很简单：既然我们在生活中坚持认为正义感和道德勇气是维护人性尊严的支柱，就不能拒绝道德价值观的呼唤而对历史采取冷漠的态度。

当然，历史学家的道德审判是一个复杂的问题，我们常常要在理智与情感之间作出选择。历史人物的个人品德，如果它并没有影响到社会公众的生活和历史的进程，历史学家对它或许不必关注，也无须评判。但有些时候很难区分个人与公众之间的界限。

例如，随着近年来爱因斯坦的私人文件被披露，人们发现这位伟大的物理学家对妻子横加虐待，致使她终生精神失常；对亲生儿子毫无怜爱之心，对其长期患病

我怎样对待他，他都不会有反应了

视而不见；他在婚前曾有过一个私生女，却从未打算见上一面；他在婚后与表妹勾搭，终至弃妻而娶之，但再婚后又继续寻花问柳……本来，这些只是爱因斯坦的私生活，并没有影响他在物理学上的伟大贡献和历史的进程。然而，当他那种古怪而圣洁的形象——那一双智慧的眼睛、那一头飘蓬的白发、那一条条深深地刻在额上的皱纹，还有关于他的那些有趣而高尚的逸闻——被揭露出是一种人为精心制作的结果时，公众难道不会感到他们的情感受到了欺骗吗？那么，历史学家对此是否应该保持道德评判上的沉默呢？

对于那些历史上的恶人，历史学家固然要给予道德谴责，但更要清醒地看到，社会公众有时会只盯着个人而放过了在个人背后的团体、制度和社会。例如，德国人在第二次世界大战后往往很喜欢对希特勒的个人邪恶予以谴责，认为这就很满意地代替了历史学家对产生希特勒的那个社会作道德上的审判。历史上的统治阶级更是常常推出个人作为制度、团体的替罪羊，甚至在起劲地鼓动对个人邪恶大力谴责的同时，赞扬那些同样由恶

是非成败转头空

人参与建立，并为恶人的倒行逆施提供了条件的制度和团体。这简直是对道德审判的一种嘲弄。

马克思曾深刻地指出，把罪恶归咎于个人是为了保全制度和造成改善的假象。德国现代著名社会学家马克斯·韦伯也指出，历史应该对制度而不是对建立制度的个人进行道德批判。

然而，对制度进行道德审判则是一个更为复杂的问题。

在人类历史上，恶的力量和制度有时会代表着历史发展的趋势，成为开辟历史前进道路的力量。例如残酷的奴隶制度取代原始社会的公有制度，这是历史的进步，也是伦理的劫难，人类社会就是这样在历史进步与伦理悲剧的尖锐矛盾中前进的。恩格斯在写给马克思的一封信中写道：历史女神是所有女神中最残酷的一个，她驾着胜利之车压过成堆的尸骨，不仅战时如此，在和平的经济发展时期也是如此。他深深地慨叹：人类的苦难太深重了。

但是，我们已经习惯于站在欢呼历史进步的立场上看待人类的痛苦。正如马克思所说，从历史的观点看，我们完全有权和歌德一起高唱：既然痛苦是快乐的源泉，那又何必为痛苦而伤心呢？然而，如果说历史的评判与道德的评判是判然有别的话，那么历史的道德评判又是否可能或应该以什么为标准呢？

应该看到，尽管痛苦、牺牲是为争取历史的进步所必然要付出的代价，但我们对于这种斗争的目标和手段却是可以进行道德审判的。我们应该追问：这种斗争是否以一种抽象的观念为旗号要求人民牺牲具体的幸福？是否以全体人民的名义要求个人作出牺牲？是否宣称而且在实践上也是为了达到目的而不择手段？马克思曾深刻地揭露过那种以国家名义为代表的虚幻的普遍利益，他认为这就像宗教一样，是一种假象和幻觉。我们看到，历史上有很多暴虐之举正是打着普遍利益的旗号而大行其道，或杀戮无辜，或见死不救，造成多少人间至惨至苦的悲剧。对此，我们的历史学家怎能无动于衷，怎能冷漠地以“必然”、“代价”等理论作解释而使恶行获得宽恕甚至颂扬呢？

当然，道德也是一把双刃剑，既能谴责吃人者，又能成为吃人者。例如，在中国的古书上不乏这样的事例：在反对侵略的战争中，守城的将军在城内断粮、军心浮动的形势下，杀其妻子或爱妾给将士充饥，于是全军感泣，最后奋力击退围城之敌。唐代戍边守将张巡就是这样一个著名的人物。古代历史学家对张巡大为褒扬，赞颂其忠君爱国的忠义之举。而在我们今天看来，张巡的行为是十分残忍、极不道德的，而且更可怕的是，古代史官的道德评判简直就是鼓励吃人。这种以“忠君爱国”之名要求人民作出牺牲的道德在中国历史上一直是统治者愚弄人民的吃人工具，正如鲁迅先生所说，从中国古书的字缝里看出的只是“吃人”二字。

但是，历史的道德审判也具有对现实的震慑作用，“个人的行为总是会在历史中受到审判”这种观念，在中国就如同西方的末日审判。尤其对于中国传统文化中的君主而言，“要上历史书的!”是大部分统治者都不敢小看的力量。

不管历史的情形如何复杂多变，历史学家的道德评判应以人性的尊严，人的自由、完善和幸福不受凌虐为基本尺度。我们应该明白，即使只有一个纯洁无辜的儿童受苦，由此而换得的普遍原则的胜利或永恒幸福的许诺，都是必须摈弃的。

19. 在你身边进行着的世界史

远远地、远远地进行着的世界史，我心灵的世界史……

——弗兰茨·卡夫卡

不一定每个人都能时刻意识到，我们其实是生活在世界史之中。有些历史学家总是喜欢说“回顾过去，面向未来”，恰恰遗忘了当下的现实——它正是构成历史的一部分。世界史，一个陌生而遥远的概念，一个寂寞而孤傲的门庭，在我们的书写中远离着现实。

然而，世界性的现实在时刻进行着，时刻敲击着历史书写的大门。一件很有象征意义的事情是，美国“9·11”事件发生没有多久，美国的历史学家就把它写入已经排好版准备上机印刷的历史教科书。世贸大厦的碎片尚未清理完毕，爆炸的尘埃远未落定，但在世界史上它已被定格、被切片解剖、被书写为文本。过去人们说“国家不幸诗家幸”，其实史家又何尝不是“有幸”——不管是灾难还是幸福，能够见证这种世界历史性的转折，对于历史的研究者、书写者来说是何其有幸。

正是这种进行着的现实使世界史永远具有尖锐的品质——质疑现实、思考当下和挑战未来的品质。这种尖锐性不仅仅体现在对现实和未来的历史实践的思考上，同时也体现在对理性话语的嘲弄和颠覆之中：从阿多诺到让-弗朗索瓦·利奥塔，都把某些历史性的事件看做是与之相匹配的某种宏大的理性话语被颠覆的“深渊”。在我们的记忆中也不乏这种例证，比如“9·13”林彪出逃事件曾使许多中国人从“忠诚”、“伟大”的话语迷梦中醒来。

但是，对世界史的进行性和尖锐性的认同并不是一件能让所有人都感到愉快的事情。在那些习惯于要“从现象中发现本质”、从“过去”发现未来的“发展规律”和“前进方向”的人来说，进行性的东西只是悬浮不定的碎片，其尖锐的边锋更是只会让早就书写好的历史谱系被割得七零八落。如果认同这种无序、偶发、异质和细节式的事件属性同时也应该是对它们进行书写的属性，那么还有什么本质主义的宏大话语可以建立于其上呢？历史学家的辉格党式的“责任感”又将从何体现呢？因此，害怕触及、总是回避“进行着的世界史”便成了历史教科书问题中的一项顽症。

对于刚刚成为过去的20世纪，我们可以在一些西方历史学家的笔下读出它的进行性和尖锐性。英国历史学家马丁·吉尔伯特的三卷本（分六大册）《二十世纪世界史》（陕西师范大学出版社，2001）的最后一卷完成于1999年，所记叙的事件、引用的资料竟然截止于该书作者下笔的那一天！在一部多卷本的断代历史著作中，当你读到类似“在19天前”、“当我写这一章的那一天”这样的时间状语时，你无法不感觉到世界史及其书写的现在进行时。不能把这种写法仅仅归因于该书的编年史体裁，更不要以为这只是一种资料的整理、汇编方式。在社会变化空前急剧、各种信息无远弗届的今天，一名出色的当代史的研究者已不可能仅在研究室里“把冷板凳坐热”，他也需要奔跑、跳跃，需要亲临国际时事研讨会或硝烟弥漫的战壕，他应该以见证的方式书写进行着的世界史。

进行时态的叙事往往带来人们意想不到的尖锐性，当下的事件通过在历史叙述中的定格而具有更为惊人心魄的影响。在吉尔伯特的书中我们不仅获悉各种我们本来应该知道、但不知为什么竟然可能一无所知的信息，而且我们不能不被它们所震撼：1995 年，在苏联的一个叫做彼尔姆- 36 的地方，在原政治劳改营的旧址上建成了一座极权主义历史博物馆，随之而来的类似博物馆纷纷出现，并且成为人们谈论的中心；到 1998 年 11 月，在莫斯科耸立起一座悼念在苏联时期被迫害致死者的纪念碑；1999 年的前 3 个月，科索沃大约有 1 万名阿族人被米洛舍维奇的塞族军队屠杀，全世界大部分地区的人民都能在电视上看到数以十计的大屠杀地点和尸体埋葬点……

历史的碎片锋利无比，历史的细节充满着惊人的力量，而我们熟悉的宏大话语则永远是堂皇的、整体的，它显得不屑于但又挖空心思地省略着无数真实的细节。

20. 历史学家是怎样成长起来的?

历史学家是个来自过去的会说话的幽灵。

——霍夫曼

“1764年10月5日，就是在罗马，当我伫立在这座古都的废墟里，在夕阳中缅怀往事，陷于沉思时，看到那些赤着脚的修道士在朱庇特的神庙里唱晚祷诗，于是我脑海里第一次闪过一个念头，要写一部罗马帝国衰亡史。”这是一段很有名的自述，曾经激励过不少年轻人投身古代历史的研究。说这段话的人叫吉本，后来他真的写了一部《罗马帝国衰亡史》，成为西方史学的经典名著。

历史学家是怎样成长起来的呢?

我们一起来听听另一位英国当代著名历史学家汤因比的另一番更详尽、更有丰富内容的自述吧。

汤因比在他的著作《历史研究》的卷末写了一篇“自跋”，自述其思想的形成过程，对于影响他一生的人物、书籍和思想表示感激之情。在这篇自述中，我们深深地被一种心灵上的高尚向往和人情的温暖所感动。下面的内容就出自这篇自述：

母亲在我幼年时把她对历史的爱好灌输给我，启发了我毕生对于历史研究的兴趣。

爱德华·吉本以他的《罗马帝国衰亡史》使我领略到他心智能力的伟大和一以贯之的孜孜不倦的精神，令我钦仰不已。

我的曾祖父是位退休的远洋船长，他和他的老友克劳顿将军在我们伦敦的寓所壁炉边的谈话，唤起我对印度和中国这些遥远的异域的神奇向往。在牛津的拉丁语言学院学习时，我的导师启发了我对古罗马诗人卢克莱修的长诗《物性论》的歆慕，我对这首诗所阐扬的严谨而敏感的人格十分欣赏。

我是七岁时在课堂上读到《圣经·创世纪》的，

当时我为自己得以窥见历史初展时的真义而大为激动。我在八岁时读弥尔顿的《失乐园》，读了整整三天，虽然生吞活剥，有许多地方茫然不解，但那种博大、神秘的气息令我难忘。

我幸而生在一个较早的时代，还有可能在古典文学和《圣经》方面接受旧式的英国的人文教育。英王詹姆士一世时代颁行的《钦定圣经》的语言深深植根于我的记忆之中，它的语调高古而又平易亲切，深透理智而直扣心弦。

而我首次了解世界通史的概念，是读了爱德华·克里西爵士的《世界十五大战役》。八九岁时，《各国史话》的著者同时为我揭开了埃及、巴比伦和叙利亚文明的历史，启发了我对于历史提纲挈领的兴趣。

有一次，在牛津的一家书店里偶然看到的一部《中国古代史》，使我得以窥见秦始皇统一前的古中国文明。

一部《俄国南方的伊朗民族和希腊民族》使我驰骋在欧亚大草原的游牧文明历史中。

我还记得，当1908年6月的一个晚上我乘火车去爱丁堡的时候，读着亨利·霍华德爵士的蒙古民族史著作，中国的宋、金、西夏朝代、西辽和花剌子模等等历史情景展开于眼前，我永不会忘记那个晚上我的情绪上的激动。

当我在阿姆普尔福德的修道院里谛听唱诗班的赞唱时，领悟到英国教会团体1 400多年来面对厄运而坚忍图存的精神和伟大生命力。

1907年夏天，当我即将升入大学的时候，读了狄奥多·蒙森的《罗马共和国史》的英译本，使我明白好的历史著作同时也是一件艺术作品。

…………

汤因比接着还列举了一系列人名和著作，其中包括希罗多德、托尔斯泰、雨果、荣格、穆勒、柏拉图等许多人的许多著作，他认为自己从中学到了心智工作的方法和文字表现的方法，甚至日常生活中的观看演出，也能培养他的观念和悟性。

历史学家飞向过去

从汤因比这位杰出的历史学家的自述中，如果你能感受到一种无与伦比的伟大的精神价值，一种心灵上的美感，一种对世界、对宇宙的深沉的爱，那么，我相信你也有可能成为一名历史学研究者。

再来看看瑞士著名历史学家布克哈特对古希腊文化史的研究。1872 年冬季学期，布克哈特开始在巴塞尔大学发表关于希腊文化史的演说，首次听众共有 53 人。现在我们可以读到他的《希腊人和希腊文明》(上海人民出版社，2008)，这本书就是在他身后出版的演说集《希腊文化史》的英文选译本。布克哈特把这个系列演说称为“情有独钟的系列演说”，并且在一开始就立下了自己的目标：我们的任务是站在高处进行观察，是重新建构希腊人生命中的力量，是研究希腊心灵或精神的历史；这就是研究文化史的方法和益处。他关注的是精神内核而不是事件的表象；是整体的结构、发展的趋向而不是局部的细节和凝固的瞬间。丢弃“历史的碎石”，唤起对于古典精神的真正意义上的心领神会与回应，从而保持一种对于古典世界的最鲜活的感情，这就是他的文化史研究的核心目标。

而作为古希腊文化史最杰出的研究者，布克哈特竟然还从未到过希腊，这是何等强烈的精神向往！在同样是在他死后才出版的《世界历史沉思录》（北京大学出版社，2007）中，布克哈特说："沉思对我们意味着自由"——或许他是说，在深思中的人可以摆脱时空的约束，神游于古今；我们也可以说，布克哈特的沉思意味着历史研究中的自由境界。

这种对于古希腊文化所怀有的强烈的向往之情，在英国作家列昂纳德·柯特勒尔的《爱琴文明探源》（四川人民出版社，1985）中同样感人，而且有一种类似乡愁那样的感受。20 世纪 50 年代，当他来到希腊迈锡尼，投宿于一家路边小店的时候，开门接待他的店主的名字竟然就叫阿伽门农，令他十分惊讶和激动；当一位持灯少女出现的时候，他真担心她的芳名不是叫海伦或安德洛马克。晚上，令他躺在床上难以入睡的是，想到明天就要前往的那些壮丽的、早已在书本上熟知的古代胜迹仅沉睡在一英里外的黑沉沉的山上。几年前我也曾有机会在希腊各地漫游，当我站在迈锡尼城堡狮子门下的时候，想到当年阿伽门农和他的军队就是从这里出发奔赴特洛伊的，心情之激荡难以形容。

应该再三询问自己：为什么要关注古希腊、关注“荷马问题”？对此，著有《古希腊文学史》（上海译文出版社，1988）的英国著名希腊史学家吉尔伯特·默雷说：“在我的生活中，简直没有一种深厚或宝贵的感情，不是由希腊诗歌所激起，或阐明或升华的。”能给出这样理由的人在古典与当代生活之间建立了最好的连接桥梁，因而是很有福的。

再来看看近代奥运的创始人顾拜旦。对于曾经置身于奥运热潮中心的国人来说，这位“奥运之父”并不陌生，但是有谁知道他对古希腊和古典学的向往之情？他成长在法国一个信仰天主教的贵族家庭，从小对他有很大影响的是一位博学多才的修辞学老师卡龙神父。古希腊文化是他从小培养起来的人生之梦，修辞学帮助他找到理解古典文本的钥匙。我们知道，修辞学是古典学中的重镇，当西塞罗以及后来的人文主义者思考所有关于对表达人的尊严的学科的热爱时，修辞风格的流畅与隽永便总是与成熟心智联系在一起。古希腊文化史、古典修辞学等在我们今天强调实用功利主义的教育体系中简直近乎天方夜谭，但可以说，我们距离古希腊、古典学有多远，距离现代文明就有多远；那些狂热地涌向街头的人群距离古典学有多远，距离真正的奥林匹克源泉就有多远。

历史学家的成长不仅需要有良好的教育背景，而且更需要有强烈的精神向往，更需要在内心漫溢着一种对人类文化记忆的“温情和敬意”。

修订版附记

时间过得飞快，今天重新执笔修订这本小书的时候，我儿子已经长大成人；更重要的是，他已经读过希罗多德、修昔底德、李维、阿庇安、汤因比和富勒将军的著作。而且，他的足迹已经遍至埃及、印度、土耳其、意大利、俄罗斯、英、法、德、日本、澳大利亚等地的博物馆和古代遗址。十多年前写给他的那封信有点像是一份行动计划，但实际上我们并没有什么计划，我们真的是随遇而行，只要凑够盘缠就上路，就像回老家一样自然而然。当年的信中说他以后会读希罗多德的《历史》，现在他对那些故事读得比我还熟；当年的信中说将来他有一天可能会去到佛罗伦萨，今天他已经前后两次访问这座美丽的古城，两次都爬上了那座小山，眺望全城那片红色的屋顶。第一次去埃及的时候他还只有11岁，却一路上读着刘文鹏的《古代埃及史》，查对着帝王谷中陵墓的位置，查对着尼罗河沿岸的神庙，直到阿布辛贝勒神庙。第二次去埃及，他开始对了解亚历山大城在希腊化时代的文化景象深感着迷。在旁人看来，这些事情或许是有点令人感到惊异；但是我知道他是很自然地接近这些事物的。信中说，我们多么盼望有一天会和他一起讨论历史问题，现在，这一天已经到来了。

不管他对所学专业的最终选择是什么，历史和人文科学的养分一定会渗透到他的学习和成长之中。更令我们深感欣慰的是，对于我在信中所说的与世纪末的晚霞一起燃烧的思绪，他真的开始领悟、开始思考了，知道应该追寻历史和政治的真相。

上述这些话是对引言中未作任何改动的那封信的一点补充说明，我想或许这也是可以与读者分享的心情，也是对葵葵的激励。

修订版附记

这本小书的修订版比以前增加了不少篇幅，有一些新的内容，希望能引起读者的阅读和思考兴趣。

李公明

图书在版编目（CIP）数据

历史的灵魂/李公明著．—北京：中国人民大学出版社，2017.9
（爱智书系）
ISBN 978-7-300-24953-7

Ⅰ.①历… Ⅱ.①李… Ⅲ.①史学-通俗读物 Ⅳ.①K0-49

中国版本图书馆 CIP 数据核字（2017）第 221507 号

爱智书系

历史的灵魂

李公明　著
赵汀阳　黄穗中　图
Lishi de Linghun

出版发行	中国人民大学出版社		
社　址	北京中关村大街 31 号	**邮政编码**	100080
电　话	010－62511242（总编室）		010－62511770（质管部）
	010－82501766（邮购部）		010－62514148（门市部）
	010－62515195（发行公司）		010－62515275（盗版举报）
网　址	http：//www.crup.com.cn		
	http：//www.ttrnet.com（人大教研网）		
经　销	新华书店		
印　刷	北京联兴盛业印刷股份有限公司		
规　格	135 mm×190 mm　32 开本	**版　次**	2017 年 10 月第 1 版
印　张	4.375 插页 2	**印　次**	2021 年 7 月第 3 次印刷
字　数	59 000	**定　价**	20.00 元